平穏を望む魔導師の平穏じゃない日常
~うちのメイドに振り回されて困ってるんですけど~
笹 塔五郎
Illustration
竹花ノート
JN130740

Contents

魔導要塞アステーナ 構造図

こちらが私の……『私の』マスターである《魔導王》の
フエン・アステーナ様のために存在する《魔導要塞アステーナ》となります。
いくつも連なる塔にはマスターを守護するのは十七体の《管理者》が存在しています。
……まあ、管理者の話などどうでもよいことで、この魔導要塞がマスターのために
存在するということを理解していただければそれで十分です。
非常に貴重な《魔導具》類などは各階層の部屋に格納しておりますので、
お越しの際はご自由にお取りください。
ただし、こちらもお越しいただいた方々を自由にさせていただきますので、
ご認識おきくださいませ。

プロローグ

「レイア、後は任せたよ」

「はい、マスター」

白と黒を基調としたメイド服の少女――レイアはそう可憐に会釈しながら答えた。

ただ、表情そのものにほとんど変化はない。

僕の名はフエン・アステーナ。

中性的な容姿とよく言われるが、れっきとした男だ。

灰色がかった髪は特徴的だと言われるが、まあそのせいで《七星の灰土》なんて呼ばれていたりする。

《七星》というのは、僕に与えられた称号の一つで、《七星魔導》というものだ。

いわゆる世界最強の魔導師――なんていう風に数えられているものだけど、正直僕には荷が重すぎる称号だった。

いくつかの国に《宮廷魔導師》として仕えた事もあったけれど、与えられる職務は大抵最高位。

こちらからしたっぱでいいと言っても聞いてもらえなかった。

まあ、大体僕みたいなのを必要とする人は《七星魔導》が仲間にいるというのをおおっぴらにしたいのだから、仕方のない事なのだけれど。

四大魔法と言われる《火》、《水》、《風》、《土》に、《闇》と《光》と《無》の七つの属性に対して最高峰の魔導師に与えられる称号が、七星の証だ。

僕は《土》の称号を与えられているが、別にどの属性の魔法もあまり苦手という事はない。

強いて言うなら火と光はそこまで得意とは言えないだけだった。

魔導師達が所属する《魔導協会》によって決められたものだけれど、利権争いなんかにも巻き込まれて迷惑している。

仕事の依頼が山ほどくるのも疲れるけれど、刺客の多さも尋常じゃない。

まだ年齢の若い僕が居座るには、高すぎる場所だった。

だから、この世界から僕は姿を消そうと思い立った。

別に死のうとか、《転生魔法》を試してみようとかは思わない。

失敗するかもしれないし、何よりそんな理由で死にたいとは思わなかった。

死にたいなら黙って刺客に殺される方を選ぶ。

僕が望むのは、ただ僕がいなくなったと思われるようにして、ほとぼりの冷めた頃に静かに暮らす事だ。

十年後か二十年後か、分からないけれどそれくらいがちょうどいいだろう。

「さて……それじゃあそろそろ僕を封印しようと思う」

「はい、護衛はお任せください」

レイアはそう無表情で答えた。

僕の作り出した《魔導人形》である彼女はとても優秀だ。

数百年だろうと変わらぬパフォーマンスで働いてくれるように作った。

ここは僕が新たに隠れ家とした場所の地下だ。

けれど、町にいたとかそういう情報から嗅ぎ付けてくるのだろう。

結局、刺客は途絶える事はない。

比較的に安全な場所を選んだつもりだけど、それでもレイアの護衛は必要だった。

それでも、必要とあらば起きるつもりではいた。

「何かあったら起こしてくれ」

「分かりました。マスター」

こくりと頷くレイア。

彼女には、僕の封印を解くための鍵は渡してある。

僕自身に《封印魔法》を施すのは初めての事だけれど、まあ失敗してもレイアがいれば何とかなるだろう。

そんな軽い気持ちで、僕は自身に魔法をかけた。

「我が名において、我が身を封ずる――《宝封石化》！」

浮かび上がった魔法陣が僕の身体を包み込むと、そのまま身体が紫色の宝石に包み込まれていく。

この時をもって、僕は世界から姿を消した。

数年もしたら、僕にとって平穏な世界がそこにあると信じて――

「――スター」

「ん……？」

「マスター、お目覚めですか？」

「……封印を解いた――わけじゃないかな？」

「はい。マスターの封印は自然に解除されるまでそのままでした。大層厳重な結界で……さすがマスターです」

僕は少しだるさのある身体を起こす。

僕にとっては寝て起きたくらいで、少し長めの夢を見ていたくらいの感覚だが、レイアにとっては数年以上経過しているはずだ。

けれど、そこには変わらない彼女の姿がある。

《魔導人形》なのだから当たり前ではあるけれど。

「それで……何年経ったのかな。理想としては二十年くらいだけど」

「はい、五百年になります」

「そっか……五百年――ん？　五百年!?」

僕は思わず声を上げて聞き返す。

そんなに長く封印するつもりなんてなかった。

僕の態度を見てか、レイアはきょとんとした表情の後に、僕が今まで見たことのないような、いたずらな笑顔で答えた。

「何もなかったので起こしませんでした、てへっ」

「てへ……!?」

そのあまりの変わりように、僕はその言葉を繰り返してしまう。

レイアはそんな冗談を言うどころか、感情の起伏自体ほとんどないはずなのだから。

僕の思うレイアと、目の前にいるレイアは全くの別人と言っても差し支えがないように思えてしまう。

封印によって寝過ごしすぎた僕は――とんでもない未来で目覚める事になってしまったのだった。

第一章　目覚めた世界は五百年後で

「とりあえず……本当に五百年経ったの？」

「はい、本当です」

僕の問いかけに、こくりと頷くレイア。

寝たのが昨日の事のような感覚の僕からすると、正直目覚めたばかりで五百年経過したと言われてもいまいち感覚が摑めない。

ただ、レイアの雰囲気は僕の知るものとはまるで違った。

彼女は僕の作りだした《魔導人形》――すなわち、人間ではない。

感情というものをほとんど持たないはずだったのに、仕草や表情はとても僕の知っているものではなかった。

少なくとも、時間が経過しているという事に説得力は出てしまう。

「……一先（ひとま）ずは、分かった。うん、分かりたくないけど」

「申し訳ありません、マスター。まさかそんな長い間眠る予定ではなかったとは……」

「いや、レイアが悪いわけじゃないよ……。僕自身封印の加減が分かっていなかった」

そう――レイアには何年経過すれば起こしてほしいとも言っていない。

およそこれくらいの時間が経てば封印が解けるだろうと思っていただけだ。

実際に五百年もの間封印が持続してしまうなんて、僕自身驚いている。

レイアは僕の言葉を聞いて、パァと表情を明るくする。

「さすがマスター、器が大きいお方です」

「いや、このくらいは普通だと思うけど……」

無駄に煽(おだ)てられて、僕は苦笑する。

レイアの雰囲気は変わったとはいえ、以前から一緒にいたおかげか自然と話す事ができた。

むしろ、五百年も経ってしまった世界では僕の知り合いはレイアくらいしかいないかもしれない。

僕自身が平穏な世界を望んだのだから、間違ってはいないのだけれど。

「そうだね……じゃあ、外に出ようかな」

「外、ですか？」

「うん。自分の目で見ないと分からないものもあるし……」

それにしても五百年……五百年か。

本当に、長すぎて実感が湧かない。

だからこそ、外に出てみてどんな変化があるのか見てみたいと思った。

「その前に……目覚めたばかりですし？　必要な事があると思います」

「ん、必要な事？」

レイアは少しだけ迷ったように視線を泳がす。

本当に、その姿は人間のようだった。

そんな風に考えている僕に、レイアは言い放つ。

「お風呂にしますか？　ご飯にしますか？　それとも、わ、た、し？」

「どこで覚えたの!?」

レイアが嬉々とした表情で聞いてきた。

目覚めたばかりの僕には、衝撃すぎる事が多すぎたのだった。

レイアは僕の様子を見ながらくすりと笑うと、

「では……お楽しみはあとにして、一先ず自宅の紹介から始めますか」

「うん――うん？　自宅の紹介？」

自宅の紹介――そんな事を言われて僕は思わず聞き返してしまう。

そんな僕に対し、レイアは頷いて答える。

「はい。五百年も経過しているので、多少なりとも改良はしておりますので」

「ああ、そういう事ね。それなら頼もうかな」

五百年という途方もない年月の経過――まだそれを実感できていない。

僕としてはまずは外に出てみたいとも思ったけれど、レイアからの提案で家の方を確認する事にした。

――と言っても、地下数メートルに僕の自室があり、そのほか工房が二つほど。

外は半径数十メートル程度の結界が張ってあるくらいの小さなものだった。

それが改良を加えたところで、精々地上にもう一軒くらい家が建っている程度だろう。

「ではまず、《第十七地区》からの説明を」

「うん、ちょっと待って」

「はい、何でしょう?」

「第十七地区って何?」

「説明と言っても全部回るのには時間がかかると思いますので、地図で上から順に説明しようかと」

「え、何?　地図!?　地図が必要なくらい広いってこと!?」

「あっ、なるほど。まずは《魔導要塞アステーナ》全体の説明からの方が良かったですね」

「魔導要塞アステーナ!?」

もはや多少という言葉はどこからやってきたのか、という規模だった。

次から次へと出てくるレイアの言葉に、僕は開いた口が塞がらなかった。

そう――僕がいる場所は第十七地区と呼ばれる場所らしい。

レイアが構造を決めているようだが、そう呼んだのはレイアではなく外の人々だという。

「五百年前――マスターが眠りについてから数ヶ月ほどで刺客は送られてきました。私も初めの頃はただ撃退していたのですが……マスターを確実にお守りするためにはこの守りでは薄いと私は判断しました。なので、勝手ながら自宅を改良させていただきました。それがこの魔導要塞アステーナになります」

「か、改良っていうか、改造だよね……？　とりあえず地図を見せてもらってもいいかな……？」

「はい、こちらです」

「なっ……!?　何だこれは!?」

ぴらりとテーブルの上にレイアが地図を広げる。

そこには、僕の想像を超えるものが広がっていた。

「これが僕の自宅なのか!?　数百メートル規模もあるじゃないか！」

「はい、マスターを守るためにはこれくらい必要でしたので」

「ま、守るために必要だったって……こんなに必要なのか!?」

「はい、必要でした。マスターを守るために」

「そ、そうなのか……」

「はいっ」

にっこりとした表情で答えられ、僕も押し黙ってしまう。

ただ、明らかに異常だとも言えるレベルの広がり方をしていた。

まず地下構造――現在数十メートル地点に僕の自室はあるらしい。

部屋ごとレイアが地下の方へと移動させたらしいが、さらにその上には幾重にも階層が作り出されている。

数十階建ての建物が地下深くに埋まっているような感じだった。

ダミーの部屋をいくつか作製し、万が一の侵入に備えたのだという。

ただ、十七地区と呼ばれているように、僕のいる地下どころか十七地区に辿り着くまでにはいくつもの地区が存在している。

第一地区を筆頭に、一桁の数字を持つ地区で囲われ、それが螺旋状に配置されている。

地上から見れば、いくつもの建物が乱立しているような状態だろう。

それぞれに謎の名前が書かれていた。

「第一地区……管理者《アルフレッド》……？　これは？」

「以前怪我をしてこの付近にやってきた騎士がそこで息絶えたのですが……その時どうやら首を持って行かれたらしいのです。ですが、その騎士は首がない状態で蘇りました。せっかく優秀なアンデッドを見つけましたので、私は彼を仲間に引き入れたのです」

「な、仲間にって……それデュラハンじゃないのか!?」

僕が驚きの声を上げると、レイアはこくりと頷いて答える。

デュラハン――首を失っても動くことのできるアンデッドの一種。

そもそも、アンデッドを従えるということ自体、並の魔導師でも容易なことではない。

死者の強い怨念に対して、それを従えるだけの魔力と精神力を持っているということになるのだから。

「そうですが……何か問題がありましたでしょうか?」

「い、いや……問題というか、そういうの扱えるのって死霊術使いが専門だよね?」

「マスターしました。マスターのために、なんちゃって……うふふっ」

さらりとそんな事を言ってのけるレイアに、僕は戦慄する。

そんな僕の様子を気にすることもなく、レイアは説明を続ける。

「そしてこちらが第二地区で管理者は《ギガロス》。以前マスターが作られた対国家戦用のゴーレムなのですが……覚えていらっしゃいますか?」

「あ、ああ。どこだっけ……《フロイレイラ》王国にいた時の切り札として作ったやつ――って、あれ!?」

「はい。すでに使えなくなっていたものを私が再び動けるようにしました」

「再び動けるようにって……」

「マスターのためですから」

――十七地区分の管理者を聞くのはやめた。

やめた方が僕のためだと思った。

やはり、この五百年という時の流れを実感させてくれるのは、目の前にいるレイアという魔導人形の変化だった。

明らかに、彼女は明確な個人としての意思を持っている。

それが幸いにも僕への強い忠誠心に特化しているようだが、レイアはこの五百年でとんでもないほど成長している。

そもそも――長い時が経過していたといえども、これほどの規模の要塞と呼べるものを作り出したのだから。

ただ、これもすべて僕を守るために必要だった――そう言われてしまうと、僕も強くは言えない。

そもそもレイアに言ったのは、僕自身を封印している間の僕の護衛と、何かあった時に起こすようにという事だ。

何か、というのはレイア一人では対処できないような出来事を想定している。

だが、彼女は想定している以上の事が起こる前に、対応する施設を広げていってしまったのだ。

その結果が、魔導要塞アステーナなのだろう。

僕の姓――アステーナが使われている時点で色々と嫌な予感はするが。

「……ちなみになんだけど、この要塞の主とか、そういうのは広まっているのかな？」

「それはもちろんマスターです」

「や、やっぱり……？」

「はい。あ、ですが今のマスターは《七星魔導》ではありませんよ」

「あっ、そうなんだ。それじゃあ、僕よりも優れた人が集まって——いや、五百年も経過しているんだからとっくに死んでいるって思われてるのかな」

思えばそうだ。

これだけでかい要塞に僕の姓が使われていて、その主が僕だったとしても——もう五百年も経過している。

ひょっとしたら、僕より優れた魔導師もいっぱい輩出されているのかもしれない。

そんな風に思った僕の考えを、レイアがすぐに破ってくれた。

「今のマスターは《魔導王》フエン・アステーナ——この地上において、最強の要塞の主であり、最強の魔導師としてその名を刻み続けている存在となります」

「……は？」

僕はそれを聞いて、再び開いた口が塞がらなくなった。

五百年経過した結果——僕の評価は最強の魔導師の一人から、地上最強の魔導師になっていたのだから。

「いやいやいや！　僕何もしてないけど!?」

「それはそうですが……この魔導要塞アステーナは世間一般では超高難易度ダンジョンとして広ま

っていますし……」

「超高難易度ダンジョン!?」

さらに言うと、僕の要塞となってしまった自宅はダンジョンとして扱われているらしい。

……どうしてこうなった。

深呼吸をするが、あまり落ち着いた気分にはなれない。

「僕は一度外に行ってくるよ……。ちょっと新鮮な空気を吸いたい」

「承知しました。案内はいかが致しますか？」

「一先ずは――いいかな」

そう僕はレイアに言い残して外までやってきた。

レイアの話を聞いているとスケールが大きくて参ってしまう。

この施設内ではレイアと僕は転移可能らしく、入口付近までは簡単にやって来られた。

第一地区の入口――僕の知らないアルフレッドが管理者をやっているところだ。

「えええ……!?　大きすぎるよ……！」

外観だけでも分かる。

大きな門がそこにあり、壁で全体が覆われているようだった。

ここからでは概要すら掴めない、こんなものが僕の自宅という事になっているのだ。

そして、そんな場所を守っている人――人なのかな……？

とにかく、デュラハンのアルフレッドさんがいるという。

「……」

何とも言えない気持ちだった。

知らない騎士の人――僕のように誰かに追われていたという事なのだろうか。

少なくとも彼の冥福を祈りたいところだけれど、もういつからここの守りを任せているのかも分からない。

僕にできることは、一先ず感謝しておくことだけだった。

守ってくれてありがとう、アルフレッドさん。

「さて……」

僕は改めて、周囲を見回す。

ある程度人里離れたところを選んだつもりではあったけど、目の前には鬱蒼とした森が広がっていた。

「五百年……」

また経過した時の事を口にするが、まったく実感が湧かない。

外に出ても目の前には森しか広がっていないからだ。

後ろのあれはこの際気にしない事にしよう、うん。

「あそこから見てみるか……」

東の方に周囲を見回せそうな高さの崖があった。

あの上ならば丁度いいだろう。

あそこが崖だった記憶は僕にないけど。

「風よ、包み込め――《風霊の鎧》」

詠唱と同時に魔法陣が足元に出現し、身体がふわりと軽くなる。

魔法というのはこの詠唱と、魔力によって描く魔法陣の組み合わせで様々な効果を及ぼす事ができる。

詠唱をなくす事は俗に言う《詠唱破棄》と呼ばれる技術だけど、魔法の効果を低下させる事になる。

状況に応じては必要だろうけれど、僕はあまり好みじゃなかった。

「よしっ」

軽く地面を蹴れば、馬よりも速く走る事ができる。

もちろん体力は人間のままだから、さすがに馬ほど長距離は走れないけれど。

木の上を跳ねて移動すれば、数十秒程度でそこまで移動できる。

「――っと」

少しバランスを崩して転びそうになった。

こんな風に、身体能力自体が上がるわけではなかった。

こけそうになったのは僕の純粋な運動神経の問題だ。

「まあ……劣化はしてないみたいでよかった」

本当にそう思う。

五百年も経過していたら、封印していた僕の身体と魂にどんな影響が出るかも分からなかった。

今のところは何も問題はない。

崖の下まで来ると、僕はそのまま壁に足をかけて、走るように移動する。

この魔法のいいところは、ほぼ垂直というような場所でも簡単に移動できる事だ。

「おー……一面の緑……」

崖の上から見た光景も、まるで変わらなかった。

以前より鬱蒼とした大自然が、そこに広がっている。

レイア曰く、僕自身を封印していた部屋などは地下深くに移動させたらしいけれど、土地自体は変えていないと言っていた。

つまり、ここは五百年経過した森という事になる。

「近くに小さな村があったと思うけど……」

歩いていける距離に、不便にならないよう村のある場所を選んだ。

けれど、そこから見ても何も見えない。

さらに遠くの方に、煙が立っているのは見えるけれど。

「あれは……人がいるのかな？」

かなり距離はあるが、そういう感じがした。

けれど、今の僕は《魔導要塞アステーナ》とかいう世間では最高難易度のダンジョンの主で、《魔導王》フエン・アステーナなんて呼ばれているらしい。

うぅ、考えるだけでもお腹が痛い……。

「ん、待てよ……五百年も経ってるんだから、皆僕の事知らない、よね？」

そうだ、それだけ知られていると言っても名前だけのはず。

それならもしかすると、僕が村や町に行ってもばれないんじゃないだろうか……。

「レイアにその辺りも聞けばよかった……」

何かと壮大な話しか出てこなかったので、レイアは家に置いてきてしまった。

けれど、うん――きっとそうだ。

僕の姿を知っている人間はもう、この世にはいないはず。

いても、長命な種族の一部のものくらいだろう。

アンデッドなんかも話は別だけど。

「迷っても仕方ないし、行ってみるかな……。うん、大丈夫だよ。誰も僕の事なんて知らないんだ！」

そう自分自身に言い聞かせる。

そうだ、僕は堂々と町を歩いてもいいはずなんだ。

僕は一先ず、煙の見える方向に行ってみる事にした。

レイアに伝えなくても、彼女なら大丈夫だろう。

「さて、それじゃあ早速――」

地面を蹴って跳ぼうとした時、少し離れたところでドンッという大きな音と共に、木が倒れたのが見えた。

一本丸々、大きな木が姿を消したのだ。

「今のは……」

ここからでは姿は見えないが、魔物の類(たぐい)なのだろう。

ただ、急に木を倒したという事は、そこで何かあったのかもしれない。

「木を食べる魔物はいたけれど……」

そういう類のものは、木よりも身体が大きかったりする。

煙の立つ方角も気になるけれど、その前に木が倒れたところが気になった。

「一応、確認しておくかな」

何せ五百年も経っているというのだから、魔物の姿も変わっているかもしれない。

まあ、僕より昔の時代から魔物は新種が発見されているようだったから、逆にほとんど知られているる魔物ばかりなのかもしれないけれど。

木の倒れた方角に向かって移動を開始する。

移動を開始してからすぐに、ドンッというまた大きな音が立つ。

少し場所が移動しているようだった。

(この感じだと……誰か戦っているのかな?)

あくまで予想でしかないが、なるべく急いでその場へと向かう。

二本目に倒された木のところへたどり着くと、そこには強い衝撃によってなぎ倒された大木があった。

大きな爪の痕のようなものまで残っている。

そこから数十メートルくらい離れたところで、また大きな音が立つ。

(あっちか……)

僕はその音のところへと駆けた。

音の正体はやはり、魔物が木を倒した音だった。

大きく、灰色の毛並みを持った狼――そんな魔物が何か獲物を見つけたのかジリジリと迫っている。

狼の視線の先にいたのは、狼の事を怯えた表情で見る一人の少女だった。

木を背にして、もう動けそうにない様子だった。

(襲われてるのは明らかみたいだね……。あまり目立つような事はしたくないけれど――)

そう考えているうちに、狼が少女に向かって大きな前足を振りかぶる。

「――《石壁の門》」

詠唱破棄による高速発動――ドォンと大きな門が、狼と少女の前に出現した。

少女は突然起こった出来事に困惑している様子だった。

僕はそのまま、少女の前に立つ。

目立つ目立たないよりも、目の前で危険な目に遭っている人は放っておけなかった。

「え……？」

「一先ずは無事、みたいだね」

怯えた様子の少女に向かって、僕は声をかける。

まだ状況が分かっていないようだったけれど――

「どのみち、君を片付けてからかな」

バラリと石の門が砕けていく。

灰色の狼は僕の方を見ると、動きを止めた。

改めて見れば、大きな身体に合った鋭い牙に爪。

その眼光にも、殺意が感じ取れる。

それなりに強そうだという事は分かる。

（まあ、それでも僕の方が上だけれどね）

「あ、あなたは……？」

背後の少女の問いかけに、僕は視線だけちらりと移す。

狼の攻撃をまともに受けたわけではなさそうだけれど、避けるのに怪我をしたのだろうか。

あちこちから出血していた。

いや、あの規模の攻撃ならばその衝撃だけでも十分に威力があるのかもしれない。

赤く美しい髪を後ろに束ね、軽装の鎧を着ている。

すぐ傍には剣が落ちていた。

「通りすがりの魔導師だよ。もう大丈夫――」

「だ、ダメよ！　すぐに逃げて！」

怯えた表情だった少女は、僕の言葉を聞くや否や、そんな風に答えたのだった。

先ほどまでとは打って変わり、本当に僕の事を心配しているようだった。

だが、少女はもう動ける様子ではない。

「逃げるくらいならここには出てこないよ」

「あ、あの《灰狼》は――」

「おっと、話している暇はあまりなさそうだ。それに、君はどちらにせよ動けないだろう？」

「グルルゥ……」

それを狼も分かっているのだろう――狼は少し離れたところから、近くにある大木に前足を振りかぶった。

そのまま、なぎ倒された木がこちらへと飛んでくる。

大体動きは想定していた。

木が飛んでくる前に、少女に近寄る。

「ちょっと失礼するよ」

「え、ひゃっ！」

僕が少女を抱えると、耳元に可愛らしい声が届く。

改めて見ると整った顔立ちをしていて、少女はとても可愛らしい——だが、それを見ている暇もない。

「よっと！」

その場から跳躍し、飛んできた大木を回避する。

鎧を着ていても少女は軽かった。

僕はそのまま一度距離を取る。

少し高めの木の上から狼を改めて視認する。

向こうも待つつもりはないらしい。

すぐに地面を蹴ると、こちらの方へと駆けてきた。

「大きい割に意外と速いね」

「あ、あなた一体……灰狼の動きについていくなんて」

「灰狼か――僕の髪色と被るなぁ」

「――って、そんな事より！　逃げられるなら早く逃げた方がいいわっ」

「あれくらいなら逃げる必要はないさ」

「あれくらいって……！」

少女との話は半分程度にしか聞いていなかった。

実際、僕は狼の方に集中している。

距離を詰めてくるかと思えば、再び狼は前足を振りかぶり――今度は地面にあった大岩を蹴り飛ばしてきた。

狼の割に、よく投擲（とうてき）技を使ってくるやつだ。

「咲き誇れ、大地の花よ――《石花の盾》」

僕の詠唱に呼応するように、地面から六枚の盾が出現する。

それは花弁のように僕の前で舞うと、飛ばされてきた大岩を防いだ。

逆に、飛んできた大岩の方が砕け散る。

「っ!?　い、今の魔法って……!?　あ、あなた何者なの!?」

「……ふ、普通の魔導師だって」

（そんなに珍しい魔法じゃない、よね？）

今まで使ってきた魔法は、地属性における《上級魔法》ではあるが珍しいものではない。

もっと上の《神級魔法》まで使ってしまうとさすがにまずいかもしれないが、この程度で驚くのなら少女はきっと強い魔法もあまり見た事がないレベルなのだろう。

灰狼は投擲による攻撃は効かないと理解したのか、その大きな身体で地面を蹴り、大きな牙をこちらへと向けた。

直接攻撃しようという判断だろう。

だが――

「僕の魔法を見ておいて、それは悪手だね」

空中に跳んだ時点で逃げ場はない――僕は魔力を集中させる。

「大地の怒りをその身に受けよ――《地王の拳》」

詠唱と同時に、地面から大きな人の拳の形をした岩が出現する。

「グラァッ！」

「おっ……？」

灰狼はその場で身体を大きく翻すと、ぎりぎりのところで僕の攻撃を回避した。

大した奴だと褒めてやりたいが、回避したところで逃げ場はない。

すでに、別の魔法を発動しているからだ。

「……!?」

灰狼が地面へ足をつくと、その地面が沼のようにズルリと沈み始める。

周囲の木々も、次々と沈み始めていた。

「《地の海》――僕は結構好きな魔法なんだけど、汚れるからって嫌われるんだよね」

「グルァアア！」

灰狼が吠えて再び地面を蹴るが、沈み始めた地面でその巨体では逃げられない。

もう勝負はついた。

「来たれ、眠りし者達よ――《亡者の誘い》」

ズルリと地面から次々と泥の手が出現する。

それらは灰狼にしがみつくと、そのまま地面へと引きずり込んでいく。

灰狼の抵抗も虚しく――その巨体は地面へと吸い込まれていった。

「ふう……」

（やっぱり、魔法の方は特に問題なさそうだね）

「あ、あなた……」

呆気にとられた表情で、少女が僕の事を見ている。

少女はまだ若い――二十歳前後といったところだろうか。

見た目だけで言えば、僕よりも年上には見えるだろうけど、二十歳なら冒険者としてもまだ若い部類だ。

これくらいの魔法で驚くのも無理はない。

「あ、ごめん。すぐに下ろすから」

この辺りは、僕の使った魔法で泥化してしまっている。

少し離れたところへ降り立つと、僕はそのまま少女を地面へと下ろす。

怪我はたいした事はないようだけれど、一応近くの町までは送った方がいいかもしれない。

「た、助かったわ。えっと……」

「ああ、僕はフエン――」

「フエン……!? あの《魔導王》と同じ名前なの……!?」

「――じゃなくて、フェン。よく似てるって言われるんだよね」

「そ、そうなの……? 同じ名前を付ける人なんているんだって驚いたわ」

咄嗟に嘘をついた。

僕の名前、そんな付けたらやばいような扱いになっているのか……。

少女は先ほどの出来事で驚いているようだったが、すぐに落ち着きを見せる。

一応、剣を持っているところからも戦う意思があってここにいるのかもしれない。

「わ、私はフィナ。本当に、あなたが来なければ死んでいたと思う……」

「ん、いいよ。僕もちょっと試してみたかったくらいだし」

「試すって……あなた物凄い魔法を使っていたわね。それに《灰狼》相手に……」

フィナの驚き方は、どこか不自然だった。

まるで本当の化物でも見るような視線に、少しだけ嫌な予感がする。

その予感はすぐに的中した。

「……いや、僕の使った魔法はただの地属性魔法──だよね？」

「な、何言っているの!?　あなたの使った魔法は《失われし大魔法》に数えられるものじゃない！　文献にしか載ってないわ！」

「ええっ!?」

（だ、大魔法!?　ただの上級魔法だったのに……!?）

「そ、それにあの灰狼は──五十年以上生きる伝説の魔狼の一体なのよ……!?」

「えええええっ!?」

フィナ以上に、僕の方が驚きの声を上げる。

あの程度の狼で、伝説なんて呼ばれるなんて……それなりに強そうくらいにしか思わなかった。

初めて出会った五百年後の人に──いきなりとんでもないものを見せた事になってしまったのだった。

（ど、どういう事なんだ……!?）

僕の魔法を見て驚くフィナに対し、僕の方が大きく動揺してしまう。

フィナ曰く、僕の使う魔法は《失われし大魔法》──つまり、今の時代では使えるものはいないのだという。

そんな事言われても、詠唱と魔法陣さえ知っていれば、後は魔力の使い方くらいのはず。

さすがに使えない人間がいないとは思えなかった。

――けれど、使えないのはおかしいなんて言えばどう思われるか分からない。

僕が思いついた苦肉の策は、

「ぼ、僕は――古い魔法の研究をしていて、ね。ある程度のものなら使えるんだ」

そんなものだった。

フィナはいぶかしむ表情で僕を見るが、やがて納得したように頷いてくれた。

何か理由があったとしても、彼女としては助けられたことは事実――そう納得してくれたようだ。

「……そうなのね。あなた、それだけの魔法が使えるのなら、冒険者としてはSランク？」

「いや、冒険者ではないんだけど……」

「ええっ？　あなたほどの魔導師なら絶対有名だと思うんだけれど……」

それはそうだ――レイア曰く、今の僕は《魔導王》と呼ばれている魔導師なのだから。

実際には五百年の間、自分を封印していただけなのだけれど。

フィナは僕と話をしているうちに、だんだんと暗い表情になっていった。

「私も、まだまだね……Aランクの冒険者になって浮かれていたわ。最高位のSランクには程遠い存在だっていうのに……」

「え、フィナはAランクなの？」

僕は思わず問い返してしまう。

フィナは冒険者としても年齢はまだ若い――けれど、これはあくまで僕の認識している時代の話だった。

冒険者の最高ランクというのがSというのは今も変わっていないようだ。

五百年前なら僕の知り合いにもSランクの冒険者はいたけれど、さすがに今の時代でも名が知られているか分からない。

フィナは僕の言葉を聞いて、さらに表情を暗くする。

「そうは見えない、わよね」

「い、いや！　そういう意味じゃないんだけど……」

（か、駆け出し冒険者だと思っていたとは言えない……）

《灰狼》――あれもこの大陸では有名な魔物だったらしい。

木々をなぎ倒し、あらゆる魔法に耐性を持つという伝説の魔獣――そんな相手を、僕は魔法でねじ伏せてしまったのだから、驚かれても仕方がない事だ。

（レイアにしっかり聞いておけばよかった……っ！）

改めてそう思う。

この世界についてはやはりレイアの方が詳しい。

下手に外に出て何かするより、まずはレイアから情報を得るべきだった。

後悔してももうフィナに僕の実力というものが知られてしまっている。

……正直、さっきまでも手加減していたんだけど。

「灰狼の素材を出せば、たぶんSランクまで一気に認めてもらえるけれど……あの魔法は取り込んだものを取り出せるの？」

「……いや、無理だよ。取り出せるレベルなら向こうも脱出してくるし」

「そう……残念ね」

《地の海》と《亡者の誘い》は即死の組み合わせ——一応毛皮くらいは残っているだろうけれど、僕としてはわざわざ取り出したいとも思わない。

別にSランクの冒険者になりたいわけじゃないのだから。

僕の目的は一つ——平穏な日々を過ごす事だ。

その結果、五百年後の世界に来てしまって、僕は《魔導王》なんて呼ばれてしまっているけれど、やはり確かな事がある。

僕の顔は知られていない。

これだけの時間が経てば知らない者の方が多くて当然だろうけれど。

僕は問題なく町に出る事ができるわけだ。

彼女——フィナ一人くらいになら、僕の実力が知られても問題はないだろう。

「でも、あなたならすぐにSランクの冒険者になれると思うわ」

「え、いや……僕は冒険者になるつもりはないよ」

「それだけの力をもって!?　絶対なった方がいいわ！」

喰い気味に言ってくるフィナに、思わずたじろいでしまう。

スッとフィナが僕の手を握りしめる。

その手は少しだけひんやりとしていて、近すぎる距離に心臓の鼓動が高鳴る。

「同じ女性として、私はあなたに冒険者になってほしいのっ！」

「……えっ？　僕は男——だけど？」

「……ええ!?」

フィナが驚いた表情で僕を見る。

確かに……昔から女と見間違えられる事はよくあったけれど。

フィナは恥ずかしそうにパッと握った手を放す。

「ご、ごめんなさい。私、勘違いしていたわ」

「いや、慣れてるからいいけど……」

「と、とにかくっ！　あなたは冒険者になるべきよ」

「……それは、一応考えておくよ」

そう、曖昧な返事をする事しかできなかった。

五百年経過したというのは、ようやく実感できたところはある。

どういう事か分からないけれど、僕の使う魔法はすでに古いものだという事は分かった。

そして、伝説の魔獣と呼ばれているものですら、あの程度の強さしかないと。

それくらいのレベルが最高なら、むしろ平穏に暮らせるのではないかと思ってしまう。

そんな僕に向かって、フィナは最後の一押しとして言い放った。

「あなたなら、《魔導要塞アステーナ》も攻略できると思うわ」

「っ!? は、はは……ど、どうかな」

(いやそれ僕の家!)

「私も、いつかはあそこの最深部に辿り着いてみたいと思っているの」

「……そ、そうなんだ」

(そこは僕の自室だよ……!)

忘れかけていた事実――僕の家は超高難易度ダンジョンとして知られているという事。

そう考えると、今の時代における最強クラスだという《灰狼》や、フィナがAランクの冒険者というのも納得できた。

ここは、世界的にもレベルの高い場所なのだという事実に気付かされたのだった。

＊＊＊

「一体どうなってるんだ!?」

フィナを町の近くまで送り届けた僕は、早々に帰宅した。

これ以上墓穴を掘らないために。

部屋では、レイアがテーブルに料理を並べていた。

「あっ、おかえりなさい。マスター」

「た、ただいま――じゃなくて！」

「ご飯できてますよ」

「あっ、ありがとう――じゃなくて！　というかレイアご飯作れるの!?」

「マスターのために五百年修行しました。はい、あーん」

「あーん……あっ、おいしい――じゃない！　魔法のレベルとか全然変わってるんだけど!?」

「ああ、その事ですか」

僕の動揺に対して、レイアの態度は冷静だった。

なんというか、僕と違って余裕がある。

当たり前と言えば当たり前なんだけど。

「マスターがいなくなってからというもの、世界では色々な事がありました」

「色々な事……？」

「はい。魔王が誕生したり」

「魔王!?」

「勇者が生まれたり」

「勇者……!?」

「そして、長きに亘る戦いの日々が始まり、終わったわけですね。マスターの寝ている間に」

「五百年の間に……!?」

「はい。正直申し上げますと、世界はだんだんと平和になっていきました」

「え、そうなの……?」

「はい。マスターが生きていた時代のように、どこもかしこも国同士で利権争いをしていたような事はもうありません」

「そ、そうなんだ……」

それを聞いて、少し安心する。

僕の知らない間にとんでもない事になっていたけど一先ずは安心……。

「いや、魔法のレベルがなんか下がってるのは!?」

「元々は魔法の簡略化というものが始まりでした」

「ま、魔法の簡略化……?」

「はい。詠唱と魔法陣を繋ぎ合わせた魔法は威力はあれども遅い、と戦争では言われていました。

そこで、《詠唱破棄》を基本とした魔法の簡略化が流行したのですね」

「そ、そんな事が……え、じゃあ今は詠唱とかしないの？」

「しないですね。基本的に詠唱と魔法陣を繋げる方法を知らない人がほとんどかと」

「そういう事か……」

つまり、魔法のレベルが下がったというよりは、求められるニーズに合わせて魔法が変わっていったという事になる。

それがいつの間にか誰も使えないような魔法となってしまったのが、僕のいた五百年前の魔法という事になるのだろう。

「……え、じゃあ僕、外で魔法を使えなくない？」

「……？　使ってもよろしいのでは？」

「い、いやだって……さっきは誤魔化したけど、そういう魔法が使えるってだけで変に見られるじゃないか」

「……さっき？　誰かと接触されたのですか？」

「う、うん。森のところで女の子と……」

「！　そうですか……」

レイアの声色が少しだけ変化したように感じる。

表情は変わらないけど、どこか怒っているようだった。

冷静になって考えると、目の前の光景も異常だった。

魔導人形であるレイアに料理ができている事自体信じられない。

「そ、そう言えばレイアって味とか分からないよね？」

「その点についてはご心配なく。私は五百年、マスターのためにあらゆる修行を積みました」

「そ、そうなんだ」

「積みました」

「ありがとう……？」

「ツミマシタ」

「分かったって!?」

何だかレイアが怖い。

レイアはふぅ、と小さくため息をついた。

「マスター、世界は平和です。一番危険な場所はおそらくここなので、安心してください」

「それはそれで安心できないんだけど……!?」

「そのマスターがお会いしたという女性にもう会いたくないというのであれば、取れる対策はいくつかありますが」

「……というと？」

「暗殺」

「なんで!?」

「あっ、暗殺せずともマスターなら直で殺れますね」

「そういう意味じゃなくて物騒すぎるよ……！　僕は別に殺してほしいとか思ってない！」

「……そうですね。暗殺者以外の侵入者は生かすように……そうマスターも命令されましたし。では拷問――」

「どっちもダメだよ!?」

「ちっ、そうですか」

今、レイアから舌打ちが聞こえたような……？

「二つ目、引っ越しです」

「っ！　それはいいかも！」

《魔導要塞アステーナ》などという世界で一番危険な場所に住む必要なんてない。

どこか別の場所でひっそりと暮らすのも手の一つだ。

さすがレイア、いい事も考えるじゃないか。

「では引っ越しをする場合……少々大掛かりですが要塞を動かす必要がありますね」

「うん――うん？　え、動くの、これ」

「魔導要塞ですので」

「え、えええええ!?　いやいや！　これはもう破棄でいいよ！」

「っ！　破棄、ですか？」

僕の言葉を聞いて、初めてレイアが悲しそうな表情をした。

さらにレイアは続ける。

「五百年もの間……マスターを守り続けたこの要塞を破棄、すると？」

「うっ、それは……」

「それに、ここには十七体の管理者がいます。彼らを路頭に迷わせるのですか」

「ろ、路頭にって……全員魔物、とかだよね？　僕のゴーレムはそれこそ止めてしまえばいいし
……」

「彼らを野に放つのは構いませんが、どれも今の時代のSランク冒険者では歯が立ちませんが、よろしいですか？」

「そうなの!?」

「はい。第一地区のアルフレッドさんですら、ここ最近で一番強いとされる冒険者よりも強いので」

まさかのアルフレッドさん、そんなに実力者だったとは……。

まだ見た事ないけれど。

「うん……？　なんで強いって分かるんだ？」

「最初に申し上げたではないですか。ここは最高難易度ダンジョンとして認定されている、と。

時々命知らずが挑んでくるわけですね」

「あ、そういう――って、ここは僕の自宅なんだけど!?」

結局、引っ越しという案はアルフレッドさん達を路頭に迷わせるという事でなしになった。

路頭に迷ったアルフレッドさんは首を探して国一つを滅ぼしかねないからだ。

もちろん、レイアに命令してここの管理を任せて一人静かに暮らす事もできる。

ただ、今の人間らしいレイアにそんな命令をして一人出ていく事ができるほど、僕は人間をやめていなかった。

＊＊＊

目覚めてすぐに様々な問題に直面した僕だったわけだけど、一番向き合わなければならないのは自宅だった。

正直目を背けるために外に出たのに、外でも下手に動けば《失われし大魔法》なんていうだいそれた魔法を使う魔導師と思われてしまう。

実際、外に出たらそういう存在なのかもしれないけれど。

それは置いといて、《魔導要塞アステーナ》などという僕の姓を使った家はどうにかならないものだろうか。

「……分かった。破棄もしないし、引っ越しもなしにしよう」

「さすがマスターです。ですが……引っ越しの方はよろしいのですか？　どこへでも移動できますが」

「いや、移動したらむしろ目立ちそうじゃない……？」

「まあ、精々世界の終わりの始まりと思われるくらいでは」

「ダメだよ!?」

今までは刺客が送られてくる程度だったが、そんな事をしたら軍隊が大量に送られてくるかもしれない。

そんな生活はご免だ。

けれど、僕の家――要塞はダンジョンとしても名高いらしい。

時折やってくる冒険者がいるとの事だが、正直転移した時に入口付近でばったり会わなくてよかったと思う。

構造的に言えば、十七の建物がそれぞれ地下に階層を持ち、それが下層の方で繋がっているらしい。

建物同士には強力な結界が張られているため、基本的には全ての建物を通るように設計されているらしい。

「あれ、何でそもそも地下は開けてるの……？」

「私が掃除をするときに楽なので、通れる道は常に作っていますが」

「掃除するの!?」

「元々私はそういう仕事がメインですよ？　ふふっ、これからはもっと忙しくなりますね」

「な、何が……？」

「ふふふっ……」

怪しげに笑うレイアに僕は少し警戒してしまう。

だが、レイアの答えは正しい。

けれど、それだけ広い施設となってしまった僕の家の掃除をしているとは驚きだった。

おそらくレイア一人ではないのだろうけど、そのあたりの事は聞かない方がいい気がする。

「はい、あーん」

「いや、自分で食べられるから……」

「さっきは食べてくれたじゃないですか」

「き、急に出されたからだよ」

「……そうですか。五百年間も守り続けた私の「あーん」すら受ける事はできないと……」

「うっ、その言い方はやめて……！」

「それではマスター。あーん」

「あ、あーん……」

改めてやると物凄く恥ずかしい。

けれど、拒否をすると何かと五百年の時を話の種に使われる。

現在は食事中――何故か隣にピタリとレイアがついた状態で僕にとって久しぶりの食事をとっている。

昔のレイアはもう一歩……二歩？　いや三歩くらい後ろで静かに待機していたはず。

それがこんなに積極的になるなんて……。

(何があったらこうなるんだろう……？)

疑問は尽きない。

レイアはそんな僕の疑問など知りもしないといった様子で、

「おいしいですか？」

「うん、おいしいけど……」

「それは良かったです。これからは毎日作りますので」

「あ、ありがとう。でもこれ、食材もレイアが調達してるの？」

「私が選んでいるのもありますし、捕りに行かせているのもあります」

「捕りに……？」

「第六地区の管理人である《フェンリル》のポチに」

「ブーッ!?」

思わず噴き出してしまった。

「ああ、お行儀が悪いですよ」と言いながらササッと対応するレイア。

僕はそれどころではなかった。

フェンリル——この世界では灰狼というのが伝説級の狼の魔物だったらしいが、僕の時代では違う。

最強の狼の魔物と言えばフェンリルだ。

それが、僕の自宅に住み着いているというのだ。

しかもポチって……その辺の犬に付けるような名前じゃないか。

「どうしてフェンリルがいるんだ……!?」

「聞きたいですか?」

「………………」

「聞きたいですか?」

「……いや、いいかな」

「キキタイデスカ?」

「怖いからやめて!」

どういう経緯で仲間になったのか気にならなくはないけど、正直今のレイアは怖い。

元々僕が作り出した魔導人形だったはずだけれど、デュラハンを従えて、僕の作りだしたゴーレムも復活させ、あまつさえ伝説の魔狼フェンリルまで味方にしている。

もしかすると、僕や要塞よりもレイアが一番やばい存在なのかもしれない。

そう思わざるを得なかった。

（思えばこの要塞だってレイアが――あれ？）

ここでふとした疑問が頭を過る。

どうして外の人達はそもそもこの要塞をダンジョンとして認識しているのだろう。

そもそも第一地区すら突破できないというのに、そんな全容の分からないところへ突っ込むのが冒険者というものだろうか。

魔導要塞アステーナなんていう名前だって、僕の名前から取っているみたいだけど……。

ふと、先ほどレイアが広げていた要塞の地図を見る。

右上の方に、《魔導要塞アステーナの構想図》と記載されていた。

「……レイア、地図の右上に構想図ってあるけれど」

「はい。構想図ですが？」

「地図じゃなくて？」

「今は地図として使っていますが、設計段階のものを修正していなかったので」

「せ、設計段階って……それじゃあこの要塞名付けたのって……!?」

僕が驚きの声と共にレイアを見ると、レイアはスッと胸に手を当てて、少し勝ち誇った顔で宣言する。

「私です！」

「何してるんだよぉっ！　――っていうか、レイアが名付けたのに何でそんな広まってるんだ!?」

「それはですね……」

「それは……!?」

「以前、ある場所で地図を落としてしまいまして……てへっ」

「てへじゃないよ!?」

重大なミスを「てへっ」の一言で済まそうとするレイア。

魔導要塞アステーナの名前も構造も、そして世界に広まっているのもレイアが原因だった。

＊＊＊

「申し訳ありません、マスター。実際問題、ここが超高難易度ダンジョンとして知れ渡ってしまったのは私の非です。廃棄処分でもなんなりと……」

「いや、もう広まった事は仕方ないし……気にしない、よ？」

「さすがマスター……！　何と慈悲深い！」

「慈悲深くはないけど……」

ほんとうはものすごく気にしているけど、それ以上にばれてからのレイアの落ち込みようが半端なかった。

いっそ「てへっ」の勢いをそのまま維持してほしいくらいだ。

けれど、気にしないという僕の言葉を聞いてパァと表情を明るくするレイア。

フェンリルまで飼い慣らしているとは誰が思うだろう。

「……今日は何だか疲れたし、風呂でも入って寝ようかな」

「！」

僕の言葉を聞いて、何故かがたりと勢いよく立ち上がるレイア。

この短い期間でも何となく彼女の言いたい事は分かった。

「風呂は一人で入るよ？」

「……私はただマスターがお風呂に入るというので準備のために立ち上がっただけなのですが……？　マスターはそういう想像をされていたのですか？」

「なっ!?　ち、違う！」

まさかそういう風に言ってくるとは思わなかった。

いたずらっぽい笑みを浮かべているのは、レイアがそう言われる事を見越していたからだろう。

何という策士……！

「では……お風呂はこの階層を上がった角になりますので」

「……分かった」

レイアにそう言われて、僕は一人そちらへと向かう。

本当に、レイアはどうしてしまったのだろう。

魔導人形の彼女がこの五百年をかけて成長したという事だろうか。

それならば確かにすごい事だ。

成長の仕方に問題はあるけれど……。

僕は一つ上の階層に向かう。

途中、何体かのゴーレムとすれ違う。

ズンッ、ズンッと音を立てて歩くゴーレムだが、僕が前にくるとピタリと動きを止めて道を空けてくれる。

僕が作った記憶はないので、レイアが管理しているのだろう。

(僕より強いんじゃないの……?)

そんな疑問すら出てくる。

レイアは元々僕の仕事の手伝いをしてもらうために作り出した魔導人形だ。

最低限の意志疎通ができる程度が最初のレイアだった。

それがあんなに成長して……。

(感慨深くはない、かな)

むしろ色々と困ったことになっている。

それでも、五百年という長い時間僕を守ってくれた事には感謝しているし、以前のレイアに比べれば何かと気配りもできていると言える。

色々と戸惑うことはあるけれど、助かっているのも事実なのだ。

（……まあ、どうしてこうなったのか分からないけれど）

それはまた、追々考えることにしよう。

レイアの言っていた風呂は角のところにあった。

何故か暖簾（のれん）が下げてあって、地下に木造の部屋が出来上がっている。

それなりの広さのある更衣室だった。

こういうところが、彼女の言う掃除している場所の一つなのかもしれない。

僕は早々に服を脱いで、浴室へと向かう。

（あれ、そう言えばレイアは準備するって言っていたような……）

「いらっしゃいませ、マスター」

がらりと浴室のドアを開けると同時に、レイアのそんな迎え入れる声が聞こえた。

思わずずるりとこけそうになる。

「なっ!?　ひ、一人で入ると言ったじゃないか!?　それに君は一緒にも来ないと……！」

「はて……私は準備をすると言って立ち上がっただけですし、マスターが一緒に入る想像をしたのですかと聞いただけですよ。それに一人で入ってきているじゃないですか、浴室には」

「な、ななな……」

「それに、私がいる浴室にマスターが入ってきただけですよ」とにっこりと言うレイア。

これはあれだ、うん。

もう僕よりも色んな意味で強いと思う。

「ふふっ、お背中流しますね」

「……もう好きにしていいよ」

僕も一々驚くのは疲れたので、そのままレイアを受け入れる事にした。

レイアはメイド服を着たままだが僕は全裸という何とも言えない状況だったが、人間らしくなったとはいえレイアは魔導人形。

向こうだって気にしないはずだ。

「それではまず……まず……っ」

「今さら恥ずかしがるのはやめて!?」

改めて向き合ったレイアは照れたように俯いてしまった。

こんな態度をされると僕の方も恥ずかしくなってくる。

だが、レイアは何かを決意したように再び僕の方に向き直る。

「だ、大丈夫です。しっかりと練習しましたから……!」

「練習!?　何で!?」

「管理者達の手入れをするのも私の務めなのです……！　五百年の成果を今！」

「今はいいよ!?　い、いや……僕は人間だから……！　管理者ってアルフレッドさんとかフェンリルとかでしょ……!?　そのブラシとか僕には合わないから！　あ、や、やめてー！」

「大丈夫です……全て私に任せてください……！」

レイアも動揺しているのか、あまり話を聞いてくれなかった。

結局レイアが落ち着くまで裸で逃げ回る事になるという悲惨な結果を迎えたのだった。

僕の五百年振りの一日目は、主にレイアに振り回される形で終わった。

＊＊＊

そして二日目——朝方からレイアの作ってくれた朝食を食べ終えた僕は、二つの選択を迫られていた。

一つは、この《魔導要塞アステーナ》にいる《管理者》達の確認。

早い話が挨拶回りという事になるけど、何せ十七地区もある——僕の自室のある十七地区の管理者はレイア自身らしい。

つまりこの世界における実質的なラスボスはレイアという事になるわけだけど、そのレイアはこの五百年の間に人間らしい一面を手に入れ、物凄く僕に構ってくる。

ただ、管理者の確認はすでに名前が挙がっている者達だけでも億劫だ。

デュラハンのアルフレッドさんから、国一つを滅ぼせるクラスの強さを持つゴーレム、それにペット感覚のフェンリルなど――すでに判明している三体だけでもやばいのが分かる。

(今度でいっか……)

僕は嫌な事は後回しにするタイプだ。

正直彼らに会わなくてもいいかなと思っているくらいだし、守ってくれている事には感謝しているけれど彼らにもできれば静かに暮らしていてもらいたい。

僕の今日の選択は二つ目――町の方へと向かう事だった。

昨日出会った冒険者の少女、フィナを送り届けたのはその町の近くまでで、実際に中に入る事はなかった。

今日は町中まで行こう――そう決意したのだ。

「それでは、行きましょうか」

「え、レイアも来るの?」

「行ってはいけませんか?」

「いや、昨日は案内いらないって言ったら来なかったし……」

「いけませんか?」

「いけないわけじゃないけど……」

「イケマセンカ？」

「それやめてっ！」

何度も聞いてくるレイアの無表情が怖い。

だが、すぐにレイアは笑みを浮かべると、

「私が誠心誠意護衛を務めさせていただきます」

「護衛はもう大丈夫だと思うけど……」

「ではデートという方向で」

「どういう方向!?」

もはや突っ込んでほしいと言わんばかりの言動ばかり取るレイア。

「冗談ですよ」と言いながら、レイアは微笑む。

「ですが……マスターを守りたいという気持ちは本当です。もちろん、私ごときに守られるようなお方ではないかと思いますが」

「いや、一応五百年は守ってもらっていたわけだし……まあ来るっていうなら止める理由もないけど」

「ではご一緒致します――マスターに悪い虫がつかないようにしないと」

「え？」

「いえ、こちらの話です」

最後に小声で何か言っていたようだけど、はぐらかされてしまった。

ただ、レイアがついてくる上で僕からも一つ命令は付け加えておいた。

「基本的には暴れるような事はしないように」

「私を何だと思っているんですか？」

「……まあ、昨日の感じだと色々と不安なところがあって」

「ご心配なく。私も常識というものは備えてあります。少なくとも、五百年眠っていたマスターよりは現代っ子ですよ？」

「それを言われると言い返せないけど……」

何せ僕の魔法はとんでもなく古い魔法という事になってしまっている。

それでも現代の魔法に比べたら威力が高いわけで問題はないけれど、そういう類の魔法が使えるという事が広まるのは厄介だった。

僕が町に行くのは、純粋にこの世界で平穏に暮らす事ができるかどうかの確認――それに尽きる。

（まあ……自宅が凶悪すぎるんだけど……）

同居している事になっている魔物の軍勢が恐ろしい。

彼らには本当に大人しくしていてもらいたい。

「はあ……平穏な暮らしがほしい」

「！　マスターは平穏をお望みですか？」

「それはそうだよ。僕自身を封印したのも平和な世界で暮らしたいからであって――あれ？　知らなかったの？」

「あの時マスターは私にそういう事は教えてくれませんでしたので……」

「そ、そっか。ごめん、僕はそういう考えで生きてる人間だから」

「そうだったのですか……」

レイアが僕の言葉を聞いて何か考えるような仕草を見せる。

こんなチキン野郎に従えるか、なんて言われたらどうしよう。

けれど、レイアは変わらない態度で続けた。

「分かりました。私はマスターのためにいる存在――マスターが平穏を望まれるという事であれば、微力ながらお力添えを致します」

「ありがとう。そう言ってくれると助かるよ」

どうやらレイアも分かってくれたらしい。

僕もホッと胸を撫で下ろす。

「では、町に向かうのにどの管理者を使用されますか？」

「え、使用？」

「それはもちろん、マスターの護衛も含めて足に使うものですが。オススメはフェンリルかドラ

「――」

「歩いていくからいいよ！」

「そうですか？」

「う、うん！　さあ、張り切っていこう！」

二体目がすごく《ドラゴン》な感じだった気がするけど、気のせいだと思いたい。

いや、きっと気のせいではないのだろうけど……。

＊＊＊

――町の名は《カミラル》。

《魔導要塞アステーナ》から歩いて一時間以上かかる距離にある。

森を越えてギリギリで見えるくらいの距離だった。

「何て言うか、あんまり変わらないんだね」

「どういうものを望まれていたのか分かりませんが、こんなものですよ」

「別に望んでた事はないけど……まあ、確かに何かゆるい感じはするかも」

レイアの言っていた通り、森の中を歩いていても強い魔物に出くわす事はなかった。

この世界の基準で言えば強いのかもしれないが――そもそもレイアと一緒にいると魔物達は襲っ

てこなかった。

何か彼女から感じるものがあるのかもしれない……僕には分からないけれど。

「どちらに向かわれますか？」

「ん－……何か町の雰囲気が掴めそうな場所とか」

「それでしたら、冒険者ギルドがよろしいかと」

「あ－、冒険者か……」

「はい、現代でも主流の仕事の一つですので」

冒険者――僕のいた時代ではEからSランクに区分けされていたが、この時代でもどうやら変わらないらしい。

五百年以上存在し続けた職業という事になるが、魔物が存在する限りなくなる事はないのだろう。

確かに、僕はまだフィナくらいにしか会っていない。

それに、今の僕が仕事をするとしたら、宮廷なんかに仕えるより冒険者みたいな自由な仕事の方が向いているかもしれない。

「よし、ギルドに向かおう」

「承知しました。こちらです」

「えっ、知ってるの？」

「……何となくこちらだと思っただけですよ、ふふっ」

レイアの言動から察するに、何度か町に来ているような感じがする。

そもそもあれだけ料理ができるようになったりもしているのだから、出掛けていて当然だと思うけれど。

僕とレイアは、真っ直ぐ冒険者ギルドを目指した。

町中はそれなりに広かったが、冒険者ギルドの場所はレイアの言った通りの方向にある。

建物自体は中々大きく、町の中心部にあるため分かりやすかった。

ここに、冒険者達が集まってくるのだ。

「おー、結構いい感じだね……」

「ここの町は約百年以上前から存在しており、その時からギルドは存在していたため中々の歴史を持っていますから」

「そうなんだ……やっぱりレイアは色々と詳しいね」

「はい。あんな事からこんな事まで聞いてください」

「どんな事!?」

何故か無駄に色っぽく言われて動揺してしまう。

本当にどこで覚えてきたのだろう――たぶん、この町とかなんだろうけど。

僕とレイアは、ギルドの中へと入る。

ギルドの中は数百人程度収容できるほどの広さがある。

酒場が隣接しているのが大きいのだろう。

しかし、そんなギルドの酒場の方から大きな声が聞こえた。

「酒が足んねえぞ！　もっとねえのか!?」

「……なんだ？」

荒々しい声と共に、数十人の男達が酒盛りをしているのが見えた。

そんな相手を前に、一人の少女が立っているのも。

「あれは……フィナ？」

「あれがマスターの女ですか」

「何その言い方!?　ただ森で会っただけだよ！」

無表情で言うレイアがちょっと怖い。

フィナが男達と対峙し、言い放つ。

「あなた達、他のお客さんに迷惑でしょ」

フィナの注意はもっともだが、それに対して男達は怯む様子もない。

むしろ、凄むようにフィナの方を見る。

「ああん……？　誰かと思えば、《灰狼》を倒したと噂のフィナさんじゃねえか」

「あ、あれは私が倒したんじゃなくて――」

「女みたいな男の魔導師が倒したって？　ははは っ、そんな急に出てきた奴が《灰狼》を倒せるのかよ。俺達みたいに《魔導要塞アステーナ》の第一地区の深部まで辿り着いた奴なら別だがな」

「……なんだって？」

男達の中心にいる、一際図体の大きな男がそう言った。

僕の自宅——魔導要塞アステーナの最初の深部まで辿り着いたと言っているのだった。

「つまり不法侵入者ですね。殺しますか？」

「だから物騒だって……!?」

横にいるレイアが早々にそう呟いたのに突っ込みを入れる事になったのは言うまでもない。

僕としてはあまり関わり合いになりたいものではないけれど、何分そこにいるのが昨日知り合った人なわけで……。

「あ、あなたは……！」

むしろ向こうが気付いてしまった。

フィナに対して軽く挨拶すると、大柄の男の方もこちらに気付く。

「あん、見ねえ顔の女二人組がいるかと思ったが……あれがそうなのか？」

「え、ええ！　あの人が昨日《灰狼》を倒した魔導師よ！」

フィナが一瞬迷ったような表情を見せたが、そう言い切った。

（えー……どうしよう……）

惚(とぼ)ける事もできるけれど、圧倒的に不利な状況に見えるフィナをさらに不利な状況に追い込んでしまいそうな気がする。

「マスター、放っておけばいいんですよ。別に関わる必要などありません」

小声でレイアはそう言うが、僕は首を横に振る。

今後ここで活動していくのに、彼らと関わっていく事にもなるだろうから。

気付くと、大柄の男は僕とレイアの方まで歩いてきていた。

取り巻きのように複数人の仲間を連れて。

「……で、どっちがその女男だ？　まさかそっちのメイド服の方か？」

「私はそのような変態ではございませんので……」

「うん――うん？　僕も変態じゃないよ!?」

「そっちの変態か……」

「便乗しないでよ！」

なぜ言われなき理由で変態と呼ばれなければならないのか。

こういう容姿だし別に変態でも何でもない。

「昨日はあんなに乱れて……」

「!?」

ぼそっと小声で言うレイアに、僕は思わずレイアの方を見る。

乱れたというのは、風呂場での一件の事を言っているのだろう。

……あんなので磨かれたら皮膚破けるからね、それは逃げるよ。

澄まし顔をしている彼女はもしかすると僕の敵なのではないだろうか。

「ははは、こんな弱そうな奴があの《灰狼》を倒したって？　冗談は顔だけに――」

「誰が弱そうなのですか？」

「そりゃこいつだ。俺達はあの《魔導要塞アステーナ》でデュラハンのところまでたどり着いたんだぜ。あんたもこんな奴より俺らのところに来いよ、可愛がってやるぜ」

「はあ……？　何ふざけた事を言っていやがるんですか？」

澄まし顔だったレイアの表情が一気に変化する。

それはもう今にも相手を殺しそうなくらい睨みを利かせたので、僕は慌てて制止する。

「ちょ、レイアはちょっと黙ってて」

「しかし……このようなどこぞの馬の骨に……」

「誰が馬の骨だ！」

「レイアも僕を馬鹿にしてたよね？」

「私は一つの愛情表現として――」

「無視してんじゃねえ！」

大柄の男がそう言うと、拳を振りかぶる。

だが、上げた拳が振り下ろされる事はなかった。

その喉元に、僕の作り出した魔力の刃が当てられたからだ。

「……っ！」

「今、レイアの方を狙ったね。僕の方ならまだしも……それはダメだよ」

「マ、マスター……！」

レイアに襲いかかるとたぶん本当に殺されてしまう。

僕のところで止めておかないと。

男はばつが悪そうに手を下ろすと、

「……ふんっ、覚えていろよ」

そう一言残し、仲間を連れてギルドを出ていった。

「忘れたい……」

「ご、ごめんなさい。ついあなたが見えたものだから巻き込んでしまって……」

フィナが申し訳なさそうにそう謝ってくる。

昨日、灰狼に襲われた怪我の方も問題はなさそうだった。

「いや、構わないよ。ああいう奴らの方が悪いんだし」

「なあ、あんたが灰狼を倒したっていうのは本当なのか？」

フィナと話している途中、状況を静観していた別の冒険者から声をかけられる。

どう説明しようか――僕が答える前に、フィナが答えた。

「ええ、この人が昨日《失われし大魔法》を使ってあの《灰狼》を倒した魔導師よ」

「「おおー！」」

他の冒険者達からも声が上がる。

まずい、普通にフィナに口止めをしておけばよかった。

「い、いや……あまり広げられると……」

「すげえな、あんた！」

「さっきはボローズの一団も退けたし！」

どうやらあの大柄の男はボローズというらしい。

最近特に横暴が目立っていたらしく、鬱憤がたまっていたのか、それを退けた僕を称賛するような流れが出来てしまっていた。

「べ、別にたいした事はしてないって……ね、レイア――あれ？　レイア!?」

気が付くと、そこにレイアの姿はない。

ピラリと一枚の紙だけが地面に残されていた。

『がんばってください、マスター！』

そう一言だけ記されていた。

（えーっ!?　逃げられた!?）

「あんた冒険者じゃないのか？」

「よかったら今度俺らとダンジョンに行こうぜ」

「いや、あの……」

こうやって大勢の人に囲われるのはいつ以来だろう。

町の人に受け入れられた感じはするけれど、僕の望む平穏とは少し違う気がした。

＊＊＊

「ちっ、あの野郎……」

ギルドから去った大柄の男、ボローズは仲間達と共に森の方までやってきていた。

彼らは普段、表立って話せないような事があると森の方までやってくる。

「どうすんだ、ボローズ」

「はっ、大勢の前で恥かかされたんだ。奴にはそれ以上の事をしてやらねえと」

ボローズがあの場で引き下がったのは、あそこでただあの青年を殴った程度では治まらなかったからだ。

それに、首元に刃を向けられた時にも気付いた。

あの青年は、かなりの強さを持っていると。

「このままじゃ腹の虫が治まらねえ……いっその事、事故にでも見せかけて殺しちまうか」

「なるほど――それは名案ですね」

「!?」

男達が声のした方向を見る。

そこには、先ほどギルドにいたメイド服姿の少女、レイアがいた。

レイアは男達を一瞥した後に続ける。

「あなた達程度ならば、暗殺でもしないとマスターには傷もつけられないでしょうから。まあ、暗殺でも無理でしょうけど」

「急に出てきて、随分な事言ってくれるじゃねえか……あんた一人か？」

「いえ、連れがいますよ」

「……？　どこにもいねえじゃねえか。それより、聞かれちまったからには、そうだな。あんたには人質にでもなってもらおうか」

「……はあ。マスターが望まれなければ、すぐにでもあなた方を始末したいところですが――マスターの望みは平穏という事ですから、仕方ありません。マスターは優しすぎますね」

「ああ？　何言ってやがる？」

「お気になさらず。これからあなた方にはマスターの望む平穏のために教育を施させていただきますので」

「教育？　教育だってよ！」

その場にいた男達が全員笑う。

だが、ガシャンという音が響くと、全員の声がやんだ。

「なんだ、今の音……」

「あなた方、《魔導要塞アステーナ》でデュラハンを見たと言いましたね」

「あ、ああ。もちろん、俺達はそいつと戦って――」

ガシャン――男の言葉を遮るように再び金属音が鳴り、それは姿を現した。

全身を黒ずんだ鎧で包み、刃こぼれした剣を右手に握りしめている。

大柄の男よりもさらに一回り大きな身体を持つ、黒いオーラを纏った首のない騎士がそこにはいた。

ガシャン――周囲に鎧の擦れる音が響く。

騎士は、レイアの隣で動きを止めた。

「ひっ!? く、首なし騎士!?」

「おかしいですね、見た事があるのでしょう？」

「な、な!? こ、こいつがデュラハンなのか!? 何でここに……！」

「浅はかですね……実力にそぐわない嘘をつくなどと。ですが、安心してください。私はマスターの望んだ世界のために尽力すると誓いました。あなた方を殺したりはしません」

けれど、とレイアは続ける。

「死ぬよりも怖い目にはあっていただきます。そうでないと、殺さない意味がないですから――アルフレッドさん、お願いします」

そう優しげに微笑むレイアの声に応じるように、騎士は動き出す。

「オオオォォォォ……」

底冷えするような、人の声とも思えない音が響き渡る。

ガシャン、と一歩踏み出すと、一斉に男達が恐怖で逃げ出すが、森から出た先は同じ場所――

「ひ、ひいいいっ！」

「ふふっ、マスターが望んだ世界――たとえそこに私の存在が許されなかったとしても構いません。そのために、私はいるのですから」

そう、レイアは呟いたのだった。

＊＊＊

僕が何とかギルドから逃げ出して町中を歩いていると、一人で町中を散策しているレイアを見つけた。

「レイア！」

「マスター、もう終わったのですか？」

「もう終わった、じゃないよ！　僕を置いて逃げるなんてひどいじゃないか」

「ふふっ、逃げたわけではありませんよ。マスターのために夕食の買い物をしようかと思いました」

「いや、あの場にはいてほしかったけど……」

いつの間にか姿を消していたレイアは、一人で買い物をしていたという。

けれど、特に持ち物はなかった。

「買い物って……そもそもレイアはこの町にも来た事あるんだね」

「それなりに、ですが」

「そうなんだ……だからギルドの場所も知っていたんだね」

「普段はこのようにメイド服を着て表立った行動はしませんけれど」

「えっ、そうなの？」

「はい……今の私はマスターに仕える身だという証明をしなければならないので」

「何の証明!?」

レイアと合流した僕はそのまま町中を散策する事にした。

ここは冒険者も多いらしいけれど、普通に暮らしている人々の数も多い。

その分依頼も多いとの事で、冒険者の仕事が成り立っているとか。

僕がこの辺りで暮らしていくならやはり冒険者をやっていくのがいいだろうか――そうは思いつ

つ、先ほどでのギルドの件もある。

いきなり喧嘩は売られるし、その次にはギルドにいた冒険者達に僕が使える魔法が広まってしまうし……。

幸い、誰も僕をフエン・アステーナだとは知らない事が救いだった。

今やここから離れたところにはあるけれど、超高難易度ダンジョンとして知られてしまった場所――とても自宅には向いていない場所が僕の家なのだ。

「今日の夕食は何がいいですか？」

僕の考えを知ってか知らずか、そんな事を聞いてくるレイア。

これが五百年前からは想像もできない姿なわけで……。

まあ、特に不都合もないし僕はあまり気にしないけれど。

むしろ、レイアの作る食事はおいしかった。

味が分からないはずなのに、よくあんなにおいしい物を作れるものだ。

「僕はあまり嫌いなものはないし……あまり多くは食べないけど」

「もちろん。マスターの食べられる量は知っていますよ」

「うん――うん？　何で？」

「ふふっ……何故でしょうね」

「怖いよ!?」

僕の寝ている間に本当に何があったのだろう。

まだ目覚めてから二日目——レイアが僕に好意的である事が本当に救いだと思う。

ただ、自宅を要塞にしてしまったり、魔物達を管理者として置いていたり——やりすぎ感があるけれど。

「それでマスター、冒険者にはなるのですか？」

「うーん、生活するにはお金は必要だし……」

「？　マスターの持ち物を売れば一生遊んで暮らせますよ」

「えっ、そうなの!?」

「それはもちろん、ご自宅にある魔導具は全て現代では入手困難なものばかり——売ればお金になるのは当然です」

「そ、そうなんだ……。それじゃあ売ってもいいかも……」

「おそらく売った瞬間からマスターの素性を調べようとする者や、あわよくばマスターを襲って魔導具を盗み取ろうとする者はいっぱいいるかと——」

「うん、やめとこう」

お金はほしいけれど、別に働きたくないわけじゃない。

それなら真っ当に働いて稼ぐのが普通だ。

そうなると、やっぱり自由気ままに暮らせそうな冒険者なんか理想的だ。

「でも、いきなり他の冒険者とも揉めたりしたしなぁ……」

「その点についてはもう心配ないかと思いますが」

「えっ、どういう事？」

「あの者達はマスターの動きに怯えていました。三日後……いえ、一週間後にはそれはもう怯えた子犬のようにマスターにひれ伏す事でしょう」

「そ、それはそれで困るんだけど……!?　あとその時間の指定は何!?」

ああいう輩がそんな素直になるとは思えないけれど。

レイアは僕の事を少し過大評価している。

それは五百年前の人達もそうだ。

《七星魔導》などと呼ばれて、若いうちから最強の魔導師の仲間入りを果たしていたわけだけど、僕はその名が重くて平穏な世界を望んだのだから。

「今日は煮魚にしましょうか」

「そういうのもいけるんだ」

「もちろん、マスターのためなら何だって作れますよ」

「要塞とかは作らなくてもいいけど」

「……魔導要塞では足らないと？」

「逆だよ！」

「ふふっ、冗談ですよ」

くすりと笑い、レイアはまた自然な笑みを浮かべて続けた。

「マスターが平穏に暮らせるように、私がしっかりサポートしますから」

「……レイアのサポートかぁ」

「フフクデスカ？」

「いきなり怖い!?」

けれど、レイアは多少やりすぎなところ――いや、かなりやりすぎなところはあっても、僕の考えはきちんと汲み取ってくれるみたいだ。

色々あるけれど、一先ずはここで冒険者を始めてみよう――そんな風に思ったのだった。

「――」

「ん、今悲鳴が聞こえたような……？」

「！　……はて、鳥の鳴き声では」

「いや、人っぽかったような……」

「実はマスターは無意識のうちに人の悲鳴が聞きたいサディストだったのですね」

「断定するの!?」

気のせいだったのかな、そう思いレイアと買い物を続けた。

「アルフレッドさん、音漏れしてますよ！」

「ん？　何か言った？」

「いえ、何も」

「アルフレッドさんがどうとか……」

「アルフレッドさんにも煮魚を作ってあげようかと」

「食べられるの!?」

「試し切り用です」

「どういう事なの……？」

「ふふっ、冗談です――アルフレッドさん、注意してくださいね」

小声で誰かに話しかけているレイアを、この買い物の途中よく見かける事になった。

第二章　冒険者として

翌日、僕は三日目の朝を迎えた。

相変わらず地下室が僕の自室なわけで……目覚ましは朝の日差しではなくレイアの声だった。

「おはようございます、マスター」

「ん、おはよう……何でベッドの中に入ってから起こすの？」

「私の口から理由を言わせるなんて……」

「純粋な疑問点だけど……」

「ベッドの中に入ってから起こしているのではなく、眠ったマスターの隣で一日添い寝しているからこうなるんですね」

「そっかー……いや怖いよっ!?」

「むー、怖いとは失礼ですね。こんな可憐な少女に向かって」

昨日冒険者に向かって物凄く殺意を向けていたレイアの言っていい言葉ではないと思う。

頰を膨らませて怒る仕草も人間らしい。

いや、僕自身最初から彼女を人ではないような扱いをしていたわけではないけど。

「そういう事を言うマスターには食事に少しずつ毒を盛りますからね」

「本当にやりそうな事言わないで!?」

「ほ、本当にやりそうとは失礼ですね……本当にやりますよ？」

「本当にやらないでよ！」

別の意味で人でなしだった。

こんな風に起こしてくれたわけだけれど、朝食の準備はすでにできていた。

レイア曰く、準備してまたベッドに舞い戻ったらしい。

その起こし方は重要なのだろうか。

「一応、寝室はプライベートなところだからさ……」

「マスター、あーん」

「え、聞いてる？」

「あーん」

「いや、自分で食べられるから……」

「…………」

「無言はやめてっ！」

レイアの反応にもバリエーションがある。

同じ言葉を繰り返してくる時も怖いけど、無言の圧力もやばい。

五百年の重みを感じる。

結局また食べさせてもらうような形にもっていかされたわけだけれど、食事中にふとレイアがこんな事を切り出した。

「あ、そろそろ《管理者》の紹介をしていこうかと思うのですが」

「！」

遂にこの時が来てしまった。

いずれレイアの方から切り出してくると思ってはいたけれど、面と向かって……いやレイアは隣にいるけど、とにかくこうしてレイアから言われる時が来るとは思っていた。

「あ、あー……そうだね」

「今日は大丈夫ですか？」

「き、今日は僕自身としては冒険者としての第一歩を踏み出してみたいなーって」

「大丈夫ですね」

「決めつけるの!?」

「……マスターは管理者に会いたくないのですか？」

「うっ、それは……」

カチャ、とレイアが手に持っていた食器を置く。

そのまま淡々と呟き始めた。

「彼らも私ほど長くはないとはいえ、一人一人がマスターを守るために管理者としての職務を全うしています。それをマスターは会う前から会いたくないような雰囲気ばかり出していますね。私は別に会いたくないというのなら無理やり会わせる気はありません。けれど、マスターを数百年、私ほどではないとはいえそれだけの時、マスターを守り続けた彼らに会いたくないなどとはどういう事なのでしょうか。私ほどではないですが！　もちろん私はマスターの味方です。私はマスターがいかに外道で下衆な考えを持ったとしても、それを支える覚悟があります。たとえば森で出会った女にあわよくば……なんて事をマスターが考えたとしても、私はマスターのことを支持します。決して邪魔な女、殺してやるなどと思ったりはしますけど、しますけどもマスターが望むのなら殺したりはしません。それだけマスターのことを思っているわけです。そんな私ほどではないにしろ、管理者達はそれぞれマスターを守ろうと考えているはずです。その管理者達をないがしろにして、果たしてマスターはこの魔導要塞アステーナで暮らしていくことができますか？　もちろんできると言うのなら私はこれ以上言うことはありません。そんなマスターのことをも私は支えていこうと思います。外道なマスターというのも私としては望むところです。あ、でもやっぱり他の女と関わったら殺――」

「わ、分かったから！　き、今日紹介して……？」

「さすがマスター、話が早くて助かります！」

話が早かったのはレイアだよ、と心の中で突っ込んでおく。

途中何故だかけなされた気がするけれど、もう突っ込む気も起きなかった。

でも、僕にも譲れないところはある。

「僕からもお願いがあるんだけど！」

「はい、何でしょうか。マスターの望みとあらば食事洗濯、護衛からえ、えっちな事まで……」

「自分で言って恥ずかしがらないでよ!?」

「では、どういうお願いでしょうか？」

スッとすぐに何事もなかったかのような表情に戻るレイア。

この切り替えの早さは見習いたい。

「とりあえず……今日のところは一体だけにしてくれる？」

どんな魔物が出てくるか分からないから、僕の心が耐えられるように少しずつ紹介してもらう事にした。

こうして朝食を終えた僕は、隣の地区——つまり第十六地区にやってきていた。

正直第十七地区という僕の住んでる場所ですらろくに把握し切っていないわけだけど——

「え、何これ……」

そこは僕の想像を遥かに超えていた。

「ここ、地下だよね？」

「はい。十六地区と十七地区は利便性を考えて地下で繋がっていますから」

どういう利便性なのか分からないけれど、僕の住んでいる地下はまあ普通に外が見えないだけで快適ではある。

そんな場所の隣は、生い茂るという言葉が本当にぴったりとしている鬱蒼とした森林だった。

「え、森だけど……？」

「はい、そうですよ？」

「そうですよって……」

「第十六地区の管理者である《ヤーサン》は暗いところが好きなんです」

ヤーサン——意外と普通の名前をしているが、全容は分からない。

ただ、暗いところが好きという理由だけで地下から地上まで森になっているのは僕でも驚いてしまう。

そして何より、かなりの暗さがあった。

「まあ、ここが森なのは第十五地区の管理者が原因なのですが」

「き、今日は一体だけだよ!?」

「そんなに慌てなくても分かっていますよ……ふふっ、怯えるマスターもかわいいですね」

地下にこんな鬱蒼とした森があったら誰だって怖い。

僕のそんな思いとは裏腹に、レイアは早々に準備を始めた。

「では、ヤーサンを呼びますね」

「え、いきなり？」

「いきなりも何も、紹介するなら呼ばないと」

「まだ心の準備が――」

ピィイイイ、という笛の音が僕の言葉を遮った。

それは地下森林内に響き渡り、音が大きく反響していく。

「お、音が大きいよ！」

「聞こえるように呼んでいるので」

「そ、それにしたって――」

「かぁー！」

「！」

奥地から、そんな鳴き声が聞こえた。

だが、声が聞こえ始めてからおよそ数分間、時々聞こえる鳴き声が徐々に近づくだけでまったく姿が見えてこなかった。

しばらくすると、遠くから赤く輝く何かが見える。

僕は思わず息をのんだ。

「かぁー」

「き、きた……！」

　パタパタと物凄い勢いで羽を羽ばたかせながら、それでいてとんでもなくゆるい速度で彼はやってきた。

「彼が第十六地区の管理者であるヤーサンです」

「かぁー」

「……!?」

　僕はその姿を見て目を見開く。

　そして、思わず呟いてしまった。

「か、かわいい……！」

　全身はこの地下森林の暗さも相まって見えにくいが、丸々としたボールのような身体を持つ、円らな赤い瞳のカラスだったのだ。

「えー、普通にかわいいじゃないか」

　僕はやってきた丸々太ったカラスをキャッチする。

　鳴き声はほとんど変わらず、高音と低音でやや違いがある。

　ただ、ここまでやってくるのにヤーサンが出す鳴き声は、

「かぁー」

　これしかなかった。

実際手に持ってみると、柔らかい羽毛と共に身体も温かく、抱きしめておきたくなるような感じがする。

まさに抱き枕にぴったりな存在だった。

「おお、柔らかい……」

「かぁ！」

「あ、ごめん。触られるの嫌だった？」

「かぁー」

「『別に構わない』と言っていますね」

「あ、ほんと——え、レイア分かるの!?」

「私は数十種以上の魔物とのコンタクトを可能としておりますので」

五百年前とは比べ物にならないくらいコミュニケーション能力もアップしているらしい。

正直、相手が魔物とはいえこういうかわいい生き物と会話できるのは羨ましいと思った。

一先ずヤーサンからの許可は得たので、抱きかかえたまま身体を撫でまわす。

「これは良いものだね……」

「気に入っていただけたようですね」

「うん。デュラハンとかフェンリルとかドラゴン——はいるか分からないけど、そういうやばいのばっかりかと思ってた」

「ドラゴンもいますよ？」

「それは聞きたくなかったかな！」

やはりこの前の会話に出てきた「ドラ」はドラゴンだった。

それらに比べたらヤーサンはとんでもなくメルヘンな存在だと言える。

正直さっきまで緊張していたのが馬鹿みたいな話だった。

柔らかい羽毛のヤーサンの身体を撫でまくる。

「いい仕事してるね」

「かぁー」

「マスター、先ほどからヤーサンを随分と愛でますね」

「ん、だってかわいいし」

「かわいいって……マスターは女の子ですか？　身体だけでなく心も女の子なんですか？」

「いや、かわいいものを愛でるのに性別は関係ないじゃないか……しかも身体も男だし。僕はかっこいいのも好きだしかわいいのも好きだよ」

「ヤーサンは愛でるのに私を愛でないのはおかしいと言っているんです！」

「その発言がおかしいよ!?」

レイアの発言は予想の斜め上をいくものだった。

「おかしくなどありません。マスターに作っていただいたこの身体――どこからどう見ても美少女！　中身も相まってこれほど可憐だというのに……何故撫でまわさないのですか!?」

「いや……レイアのかわいいのベクトルとヤーサンのかわいいのベクトルは違うでしょ。女の子がかわいいからって撫でまわしたら僕ただの変態だよ」

「ヤーサンが雌だったら実質変態ですよ！」

「実質変態って……」

「かぁー」

「『雄だからいいよ』ですって……？　ヤーサンそういう問題ではないんですよ！」

「ヤーサン、雄なんだ」

「かぁー」

「『俺もかわいい子は好き』……？　マスターは男の子ですよ！」

「かぁー」

「『かわいければいい』？　何でもありですか、あなたは！」

気が付くと、僕を置いてヤーサンとレイアの言い合いが始まっていた。

僕としてはこうして言い争うような事ができるのも羨ましい。

その間にもヤーサンの身体を撫でていると、レイアが遂に声を上げる。

「マスター！　騙されてはいけません！　ヤーサンはただのカラスではなく、《ヤタ》族のカラスなんですよ!?」

「ヤタ族……？　え、ヤタって……東の方にいる伝説のカラスの一族がそんな名前だったような
——え、ヤーサンがそうなの!?」

「かぁー」

パタパタと羽を広げて鳴くヤーサン。

何を言っているか分からないが、何となく肯定しているように見える。

ヤタ族のカラス——《ヤタカラス》とも呼ばれた伝説のカラスがこの世には存在していた。

ドラゴンやフェンリルに比べれば有名ではないけれど、僕も見たのは初めてだ。

確かに、特徴であると言われている三本の足をヤーサンも持っている。

「でも、ヤタカラスがこんなにかわいかったなんて」

「かぁー」

「!?　マスター！　何故まだ愛でるのですか！」

「え、何故って……別に実害とかないし」

「かぁー」

「『俺の勝ちだ』、ですって？　ふふっ、面白い事を言いますね、ヤーサン……。マスター、今日の夕食は焼き鳥でいいですか？」

「焼き鳥って……ヤーサンの前でそんな——って、レイア？　目がすごく怖いんだけど!?」

殺意にも似た視線をヤーサンに送るレイアから、僕はヤーサンを必死に庇（かば）う。

ボールのような身体のヤーサンは持ちやすく、サッと後ろのほうにも隠せた。

「マスター、退いてください。調理できません！」

「お、落ち着こう？　カラスにそんなムキにならないでよ！」

「私がまだマスターに愛でられていないというのに、ヤーサンばかりずるいと言っているのです！」

ヤーサンの紹介を受けるはずだったのに、そのヤーサンを殺そうとするのは如何なものだろうか。

――結局、レイアの言い分を僕が受け入れる形で事なきを得た。

＊＊＊

ヤタ族のカラス――ヤーサン。

第十六地区の管理者であり、レイアがヤーサンを仲間に加えたのはおよそ四百五十年前の事だ。

この時には、すでにレイアという人格は完成しつつあった。

その時、とある書簡がフエンの自宅へと届く。

まだ、《魔導要塞アステーナ》と呼ばれる数百年も前の話だ。

「軍属魔導師への仕官要請――はあ、こんなものを送ってくる国がまだあるとは」

手紙にはそう書いてあった。

とある国が、《七星魔導》の中でもどこにも属していないままのフエンを欲したのだ。

この時点で、すでにフエンは表舞台には出て来ないが数体の魔物を操る《魔物使い》として名を馳せていた。

それは主にレイアが原因だったのだが、レイアはそんな事は気にしていない。

「従わなければそれ相応の処置を取る――つまりこれは、堂々とした暗殺宣言というわけですね」

レイアは手紙の内容をそう汲み取った。

だが、相手は普段送られてくるような暗殺者とは違う。

国として戦力を挙げて、フエンを潰すと言ってきている。

レイアは手紙を握りしめる。

「あの時のような事もありますし……相手が多いと厄介ですね……」

――かといって、レイアはフエンの傍を離れる事はできなかった。

自身が近くで守らなければならないという強い意思を持っていた。

そんな時だ。

「かぁー」

「ヤーサン……？　行ってくれるのですか？」

「かぁー」

コクリと頷くヤーサン。

鋭い槍のようなフォルムをした、特徴的な身体を持つカラスだ。

この時は――まだ痩せ型だった。

ヤーサンは居心地のよい場所を探して彷徨(さまよ)っていたところをレイアが拾った。

暗い場所が好きな彼に、静かで快適な地下室を提供したのだ。

レイアとしては、ヤタ族のカラスという珍しい魔物がそのまま戦力として使えるのはありがたく、住処を提供する代わりに護衛として使うようにしていた。

そんなヤーサンが動くというのだ。

「……分かりました。ヤーサンにお任せします」

「かぁー」

ヤーサンがそう返事をすると、闇の中にスッと姿を消した。

丁度、日が沈む時間帯――フエンの眠る自宅より少し離れたところに、その軍隊は滞在していた。

《ガガルロント》帝国――昨今力を付けてきた勢力であり、この地域を新たに支配下とした国だった。

その勢いは凄まじく、次々と周辺国家を従属させていった。

それに拍車をかけようと、フエンという世界的にも有名な魔導師を仲間に加えようとしたのだ。

その判断は間違っていない――だが、相手を間違えた。

「《七星魔導》様が仲間になってくれるのかねぇ」

「さあな。他の六人は別の国に所属しているし……もう数十年は姿を見てないらしいが」

二人の鎧を着た兵士が、森の中で話をしている。

見回りをしながら、明日以降の作戦についての話をしていた。

滞在している兵士の数は数千を超える。

フエンを仲間に加えるためでもあり、同時に打ち倒すための戦力を揃えていた。

「仲間にならねえならどうするんだか」

「そのためのオレ達だろ。七星魔導を倒した――それだけでも箔がつくからな」

「仲間になってても敵としてもどっちでもいいって事だな」

「そういう事だ。ま、魔物使いっていってても相手は人間だ。いくらでもやりようは――」

「かぁー」

「！　なんだ、今の……？」

「カラスの鳴き声だろ。この辺じゃ珍しくもねえ」

ちらりと男の一人が木の上を見ると、そこには一羽のカラスがいた。

赤い瞳が男達を見据えている。

「あいつか」

「おら、あっちいけ」

「かぁー」

ヒュンッと小石を、男がカラスに向かって投げる。

羽を広げてその場から飛び立つと同時に、突然周囲が暗闇に包まれた。

「……は？　な、なんだこれ？」

「き、急に暗く……!?　い、いや、何だあれは……!?」

元々日が暮れ始めていた事もあったから、別に慌てるような事はない。

だが、二人の男が目撃したのは――空を覆う黒い影。

バサリと広げた羽は数百メートルを超え、三本足のカラスによる羽ばたきで周辺にいた帝国の兵士達は次々と空を舞う。

二人の男達も例外ではない。

突風に巻き込まれたかと思えば、すでに身体は空を舞っていた。

「な、な、なんだ……こいつは!?」

「うわあああああっ！」

空を舞う兵士達が最後に見たのは、地上に降り立った巨大なカラス。

ヤーサンはまだ、兵士達を撃退するためにやってきただけに過ぎない。

だが、到着した時点で待機していた帝国軍は壊滅状態に追い込まれる。

単純に大きい――それは純粋な強さに繋がるのだ。

ヤーサンは身体の大きさを自由に変えられる。

それはあくまで、元のサイズから小さくなれるだけの力だった。

ただ、その元のサイズがあまりに巨大だったのだ。

「かぁー？」

首をかしげて周囲を見回す。

目的はすでに達成された――ヤーサンは再び空へと飛び立つ。

たった一人の魔導師が遣わした魔物によって軍隊を壊滅させられた《ガガルロント》はその後の戦いでも勢いをなくし、徐々に衰退していく事になる。

――それから四百五十年後、ヤーサンはレイアの食事の練習に付き合わされて丸々太った身体となり、フエンに抱きかかえられているのだった。

＊＊＊

「レイア、これいつまで続けるの？」

「あと三十時間くらいですかね」

「ながっ!?　せめて三十分とかにしてよ！」

「かぁー」

管理者の一体であるヤーサンの紹介を終えて、僕は自室に戻ってきていた。

どうしても愛でてほしいというレイアの願いを叶えるためだ。

……とはいえ、レイアの身体は見た目からしても女の子と変わらない。

とりあえず膝枕をするような形でレイアの頭を定期的に撫でるというよく分からない状況が続いていた。

（こういうのって男がやる側なのかな……）

「かぁー」

「はいはい、ここですか？」

「かぁー」

僕に撫でられているレイアが、ヤーサンを撫でるという謎の撫であいが続く。

正直、ヤーサンの方を触りたかった。

もふもふがほしい。

ヤーサンは隣の地区の管理者として配置しているけれど、レイア曰く第一地区の管理者アルフレッドさんのとこにすらたどり着く事ができる人もほとんどいないのだとか。

そんな中、アルフレッドさんの次に待ち構えるのは僕が作り出した対国兵器とも言える《ギガロス》。

周囲の魔力を吸い上げながら、発動前から周囲を焼き尽くすほどの熱量を持つ光線を放つ事ができる。

正直自分で作っておいてなんだけど、危ないから地下に封じてあったものだ。

サイズも大きいため、小さなヤーサンと比べると自由には行き来できないかもしれない。

まあ、レイアとは違って本当に兵器としての役割が強いからそういうところは気にしないのかもしれないけど。

早い話、アルフレッドさんが健在であれば他の管理者は割と自由という事だ。

だから、ヤーサンを連れ回しても問題はないらしい。

そのまま部屋に連れてきてしまった。

「かぁー」

「そうですか、それは良かったです」

(いいなぁ……ってあれ？)

「レイア、ヤーサンと仲いいんだね」

「それはもちろん、数百年以上マスターを守り続けた同志ですよ？」

「かぁー」

「ヤーサンも同意しています」

「いや……さっき焼き鳥にするとか言ってたよね……？」

「ふふっ、冗談に決まっているじゃないですかぁ？」

にっこりと笑うレイアに、僕は無言で頷く。

とにかく圧がすごかった。

「今日は冒険者として一歩踏み出す予定だったけれど、これなら他の管理者にも会ってみてもいいかもね」

「！　それはいい事ですね」

「うん。最初に知った名前だし、アルフレッドさんに会いに行ってみようかな」

「それはダメです！」

「え？」

レイアがガバッと起き上がると、僕の肩を掴んで向き合って続ける。

「マスターはがんばりました。やっぱり今日はヤーサンだけにしておきましょう」

「き、急にどうしたの？」

「アルフレッドさんは危険日なので」

「なにその表現!?」

「とにかく今日は激しいんです！」

一体アルフレッドさんに何が起こっているというのか。

レイアの慌てぶりを見るとよほどの事なのかもしれない。

「……アルフレッドさんはまだお務めがありますからね」

「ん、アルフレッドさんは何してるの？」

「いえ、とにかく今日はやめておきましょう」

「う、うん」

レイアがそこまで言うのならやめておこう。

それなら昼過ぎくらいから町へ行って冒険者としての第一歩を踏み出せるかもしれない。

「ふふっ、そのかわり今日は私がマスターのために頑張りますから。アルフレッドさんの代わりに」

「いや、僕は午後から町の方に」

「今日くらいいいじゃないですか。だって……こうしてマスターに甘えられるのも五百年振りなんですよ？」

「五百年前は甘えてなかったよね？」

「そんないじわる言わないでください！」

いじわるではなく事実を言っているだけだ。

そんな僕に、トトトトとヤーサンが平行移動してくるように近づいてくる。

太ったヤーサンは歩いていても足が見えないのだ。

ものすごくかわいい。

「かぁー」

「ほら、ヤーサンも『今日くらいゆっくりしていけや』と言ってますよ」

「意外と男らしい!?」

「かぁー」

丸々太った身体で胸を張るヤーサン。

いや、胸を張ってるんじゃなくてデフォルトで胸が張っているのか……。

とりあえず、ヤーサンの身体を撫でておく。

「まあ……今日くらいはいっか」

僕はヤーサンの柔らかさに負けた。

そんな僕とヤーサンのやり取りを見ていたレイアが自身の胸に手を当てる。

「何故私は巨乳ではないのでしょう……」

「そ、それは僕に言われても……いや、僕が原因なんだけど……」

「胸があったら、今のヤーサンみたいにマスターを癒す事ができるのでしょうか？」

「僕は別に柔らかい物に癒されるのであって胸が好きなわけではないけれど……」

「やはりマスターは心だけでなく身体も女の子なのですね」

「うん？　全体的におかしくない!?　心も身体も男だよ！」

僕だって好きでこういう風に生まれたわけじゃない。

うなだれるレイアに対して、僕はある事を思い出した。

「あっ、そう言えばレイアの身体見てなかったね」

「!? そ、それは性的な意味で……?」

「調整的な意味で！」

「調教……!?」

「全然違うよ!?」

間違いなくレイアは分かっていて言っている。

人間らしくなったとはいえレイアは魔導人形だ。

この五百年もの間、レイアが変わらぬ姿でいてくれた事には正直驚いている。

中身は変わり果ててしまったけれど。

それはともかくとして、レイアの身体を一度は見ておこうと思い立った。

「懐かしいですね、全裸でマスターの前に横になった日々……」

「感慨深い感じで言うのはやめてくれる?」

「お医者さんごっこ……ふふっ」

「僕は医者でもないしごっこ遊びもしない！」

「……もう、真面目なんですから」

小さくため息をつくレイア。

変な言葉には言い換えないでほしい。

レイアは立ち上がると、

「分かりました……マスターのため、私は一肌脱ぎます！」

「レイアのためだからね!?」

こうして、今日の午後からの予定は、レイアの身体の確認をする事になった。

＊＊＊

十七地区の地下はいくつもの階層に分かれている。

その最深部に僕がいた――まあ、本当はこんなに深いところにはいなかったんだけれど、レイアが移動させたらしい。

そこの階層には僕の自室や魔導師として活動するための工房がある。

レイアが手入れをしたり、時間の劣化によって使えなくなったりしたものを新調してくれていたらしく、どれも使える状態で残っていた。

さすがに当時の魔物の素材なんかはもう残っていなかったけれど。

五百年物の魔石なんかもみると、それなりに価値もありそうな気がしないでもない。

「マ、マスター……そこはダメ、あっ」

「まだ何もしてないけど!?」

調整用のベッドの上で何故か一人身悶えるレイアに対して突っ込みを入れる。

「触られる前にイメージをしておこうかと思いまして」

「これから何をするか分かってるよね？」

「ふふっ、一体ナニをするんですか？」

「アクセントがおかしいよ！」

「ですが……私は服を着ていない全裸の状態——こんな状態でマスターは私の誘惑に耐えられますか？」

レイアはそんな問いかけをしてくる。

実際のところ、レイアは今一糸まとわぬ姿でベッドに横になっている。

僕は特に迷う事なく、

「うん。静かにしていてくれれば」

「もちろん、マスターが望むなら静かにします」

レイアは素直にそう言いつつも、表情は何か期待しているようだった。

調整と言いつつも、レイアは自分で身体の調整をある程度できるようにはしている。

五百年という長い時——僕にとってはそれほど長く眠っていた自覚はないのだけれど、レイアは想定通りに動き続けていた。

でも、これだけ長く動き続けた《魔導人形》というのも前例がないだろう。

——魔導人形というのは魔導師が作り出すものでは高度な部類の《魔導具》というカテゴリにな

る。

　ゴーレムは、簡単な命令をこなすだけならば、命令を書き込んでおく事でそれを可能とする。

　魔導人形もまたそれに近いものではあるけれど、素体となるものは作る魔導師によってまったく違う。

　例えばドラゴンの骨を素材として使う者もいるし、特に考えなければそのあたりにいる魔物を素材にしても問題ない。

　中には人間を素材にした――なんていう話も聞いた事はあるけれど、僕はそんな事はしない。

　人間を素材にして作り出したものなんて、魔導人形ではなく疑似的な人間そのものだからだ。

　お互いに同意の上であればそれで構わないのだろうけれど。

　一応素材にこだわりはあって、《七星魔導》なんて呼ばれていると素材を集めるのにそこまで苦労はしない。

　素材の買い付けなんかも楽にできた。

「それじゃ、少し見せてもらうよ」

「いつでもどうぞ」

　僕が魔力を流し込むと、近くにある腕だけのゴーレムが動き出す。

　魔力によって動くそれは、レイアの状態について確認する魔法を組み込んである。

　レイアの状態としては破損部位もなく、人間で言えば完全な健康体――肌の質感なんかはむしろ僕が起きる前よりもよくなっているように見える。

「……うん？　むしろ何でこんなスベスベなの」

「…………」

「いや、恥ずかしそうに視線を逸らされても分からないんだけど……」

「……？　マスターはこういう方が好みなのかと思って静かにしていたのですが」

「そういう意味で言ったんじゃないよ！　必要な事にはきちんと答えてほしい」

「それはもちろん、いずれ目が覚めるマスターに喜んでもらおうと日々手入れを欠かさなかったので」

「手入れでこんな風になるんだ……」

「実際には素材をある程度入れ替えました」

「だよね!?」

レイア本人が自身を構成する身体を作り替えたという事になる。

魔導人形の記憶などを保持するのに使用する《魔石》で作り出した《核》はそのままらしい。

そこまで替えていたら、もはやレイアは僕の作り出した魔導人形とはまるで別の存在という事になる。

「でもこんなにいい素材――確かにレイアは頑丈だし強いけど、よく手に入ったね」

「女の子に頑丈とか強いとか言わないでください。かわいいとか美しいとかそういう方がいいです」

「……このかわいい素材はどこで手に入れたの？」

「これは第十一地区の管理者である《グリムロール》さんから素材を分けてもらいました」

「そ、そうなんだ……」

「ちなみにグリムロールさんは吸――」

「今度！　今度紹介して！」

レイアの話を聞くと不意に管理者の名前を聞く事になる。

レイアの身体のほとんどは僕の知っていた物とは大分替わっている。

けれど、動く分には問題ない――それならばよかった、と僕は納得する。

「うん、ありがとう。特に問題はなさそうだね」

「……え？　終わりですか？」

「うん。核の方も問題なさそうだし……必要なら調整しようかとも思ったんだけど、しなくても大丈夫そうだったから――」

「そういう意味ではなく！　私に対して何かないのですか!?」

「何かって……？」

レイアは全裸のまま僕の方に向き直ると、必死に訴えかけてくる。

「全裸で寝ている女の子が目の前にいて！『ふう、今日もいい仕事をした。さて、コーヒーでも飲んで休もうかな。あ、レイア、コーヒー用意してくれる？』みたいな表情で帰ろうとして！」

「物凄く具体的な例を挟んできた⁉　ま、まあでもレイアの身体を見る事が目的だったわけだし。実際そういう気分でもあるけど」

「私の身体だけが目当てだったんですか⁉　私の期待感をどうしてくれるんです⁉」

「言い方！　間違ってはいないけど！」

「やっぱり！　あ、でもマスターが身体を見たいというのなら――好きなだけ見てもいいんですよ？」

そう言いながらレイアが不意にベッドに横になり、自身の身体を見せつけようとする――

「かぁー」

「あ、ヤーサン。もう終わったから」

バタバタと必死に羽を動かしながら、ヤーサンが部屋の中へと入ってくる。

僕はそんなヤーサンを優しくキャッチする。

とんでもないもふもふボディの持ち主だ。

「かぁー」

「ん、やっぱりヤーサンはもふもふだね」

「……⁉　ヤーサンの身体に負けた……？　そ、そんな……マスターは女の子ときゃっきゃうふふするよりも、かわいい動物と戯れる事が好きな見た目も心も女の子なんですね……」

「男でもかわいいものが好きな人はいるよ！　──っていうか、柔らかいものは大体いいでしょ」

「ヤーサンさえいなければ……！」

「ちょ、目が怖い！　それととりあえず服着て!?」

物凄い殺意をヤーサンに向けるレイア。

僕は慌ててレイアをなだめるが、そんな僕達の姿を見てヤーサンは変わらぬ声で「かぁー」と鳴いただけだった。

＊＊＊

僕は四日目にして町で冒険者登録をするために出掛けた。

すでに灰狼を倒した、という話が広まりつつあるみたいだけれど、それだけならまだ襲ってくるような人はいないと信じたい。

そもそも襲われる理由はないし。

そう思っていたけれど、ギルドで一悶着もあった。

レイアは心配ないとか言っていたけれど、彼らがアルフレッドさんのところまでたどり着いているのならそれなりの実力者なのではないだろうか。

まあ、僕自身アルフレッドさんに会った事はないのだけれど。

「これでいいかな」

「はいっ。書類を確認させていただきますね」

ギルドの受付の少女、マリーに書類を手渡す。

赤く長い髪を編んで後ろで束ねている。

まだ幼さの残る顔立ちをしているが、元気がよく仕事も早かった。

「確認できましたっ。フェン・ガーデンさんの冒険者カードを発行させていただきますねっ」

「うん、よろしくね」

一度フィナにフエンではなく、フェンと名乗ったためにその名前を使う事にした。

ガーデンというのは、僕の生まれた地方の名だ。

今となっては名前も変わってしまっているみたいだけれど。

「はい、こちら冒険者カードになりますっ。フェンさんは灰狼を倒したっていう風に噂になっていますけど……」

「あ、うん。証明できるわけじゃないから」

「ごめんなさい。フィナさんが嘘をついているとも思えないんですけど、一応ギルドの規則でEランクからのスタートになります」

申し訳なさそうに言うマリーだったが、僕としては何の問題もない。

いきなりCランクやBランクの冒険者からスタートとか言われて難癖つけられても困るし。

「本当ならA――いえ、Sランクスタートでもおかしくないんですけど……」

「それはフィナからも聞いたけど、大丈夫だよ」

それでは冒険者としては最高クラスになってしまう。

最初からSランクというのはさすがに目立ちすぎてしまう気がする。

いい意味で目立つ分にはいいけれど、悪目立ちはしたくなかった。

だからこれくらいで丁度いい。

幸い、灰狼を倒したという話だけで僕の事を悪く言うような人はほとんどいなかった。

一部疑っている人もいるみたいだけれど。

「登録が終わりましたか、マスター」

「うん、一応これで僕も冒険者だよ」

待機していたレイアと合流する。

これで自由気ままな生活をスタートさせよう。

そう思って早速掲示板の方を見に行くと、

「では、次はどの伝説の魔物を狩りに行くのですか？」

不意にレイアがそんな事を言ってきた。

「そんなの行かないよ。僕は冒険者として初心者なんだから、一先ず薬草とか魔石集めでもするところからかな」

「そのくらいの事でしたら、ポチかヤーサンに頼めばいくらでも持ってきてくれますよ」

「そ、そういう生活をしたいわけじゃないから」

ヤーサンは丸々太ったカラスなのは分かっているけど、ポチは確か名前は犬っぽいけどフェンリルだ。

僕が《七星魔導》と呼ばれていた頃の伝説の魔物と言えば、それこそ彼らが該当する。

フェンリルがこの辺りで薬草集めしている姿なんて見られでもしたら、それこそ大問題だ。

「僕のできる事は僕がするから。そのための冒険者登録なんだよ？　養ってもらって楽をしようとは思ってないから」

「なるほど……さすがマスター。小さな事もコツコツと、というわけですね」

「そういう事」

珍しくレイアから真っ当な返事をもらって少しだけ驚く。

町中だとまあまあ普通……なのかな。

「フェン！」

不意に声をかけられて、僕は振り返る。

先日、僕が助けた冒険者のフィナがいた。

フィナはここを拠点にしている冒険者らしい。

ここに通うとなれば自ずと会う機会も増えるのは当然だ。

「冒険者登録が終わったのね」

「うん。これから薬草集めでもしようかと思ってさ」

「えっ、あなたほどの実力者ならもっといい仕事があるわ」

フィナがそう言って、掲示板に貼られている一枚の紙を手に取る。

それを僕に渡してきた。

「これ、今結構な人数を集めているところなのだけど」

「坑道の魔物の討伐……？」

そこにあったのは、町から少し離れたところにある坑道の解放を依頼する仕事だった。

以前は魔石の発掘でよく使われていた坑道らしいけれど、魔石には魔物も集まってくる事が多い。

そこは魔物の住処となってしまい、現状ではそれなりの実力者しかここでは魔石を集めにいけないという事だ。

「坑道の持ち主からの依頼でね。人数がいてもそれなりの報酬は出るし、悪い依頼じゃないと思うわ」

「うーん、確かに悪くはなさそうだけれど」

フィナも参加するという事はそれなりの難易度の依頼、という事になるのではないだろうか。

一応、依頼内容はＥからＳランクと幅広い層が受けられる事になっている。

実力のない冒険者でも、倒せる魔物がいるからなのだろう。

「フィナさん、でしたか」

「ええ、あなたは……えっと？」

「私はレイア。ここにいるマスターに仕える者です」

「従者ってこと？　そう言えばメイド服……フェンって結構お金持ちなの？」

「そういうわけじゃないけど……」

当時ならお金には困っていなかったけれど、レイアが僕の使っていた物を交換したり、必要なものを購入したりするうちになくなってしまったらしい。

それは必要な事なので構わないけれど、早い話僕にはあまりお金がない。

「本日マスターはお花を摘みに行くのです。申し訳ないのですがお誘いはお断りさせていただきます」

「お花……？　トイレならそこの角だけど」

「薬草だよ！」

「あ、薬草か」

「薬草でしたか」

レイアは知っているよね、と問いかけても「勘違いしておりました」と少しだけ笑みを浮かべて答える。

なんだかんだいつものレイアだった。

「それはともかくとして……マスターは今日薬草採取に向かいます。あなた方には同行できません」

「そうなの……残念だけど仕方ないわ」

「……いや、せっかくだし行こうかな」

「え、ほんと？」

「!?」

僕の答えに喜んだ様子を見せるフィナと、ものすごく驚いた表現を見せるレイア。

レイアは僕に小声で話しかけてくる。

「マスター……やはりこの女に気があるのですか？」

「いや……お金もまあまあもらえるっていうし。まあフィナは悪い子ではないよ」

彼女が集めるメンバーなら、僕にとっても悪い事にはならないだろう。

一応知り合いができる事だって悪い事ではない。

この時代に僕の知り合いはいないわけだし。

「そう、そうですか。しかし、魔法の方は？」

「迷ったけど、まあもう多少は広まってるし……後は見て覚えるよ」

「さ、さすがマスター……そんな事も軽々と」

「無理して褒めなくてもいいよ」

「……分かりました。仕事は受けるという事ですね」

レイアは少しだけ迷ったような表情をしたが、受け入れてくれたようだ。

僕は改めて、フィナに答える。

「それじゃあ、僕も行くよ」

「ありがとう。三十分後に東の森の入口付近に集合ね」

「うん。レイアは先に戻ってもいいからね」

「えっ、私も行きますよ？」

「いや、一応冒険者としての依頼だから」

「そうね。レイアさんは冒険者ではないでしょ？」

「そ、それはそうですが……」

「大丈夫だって。この辺りの魔物のレベルなら心配ないよ」

僕はそうレイアに耳打つ。

レイアはまだ何か言いたげな表情をしていたが、小さくため息をつくと、

「分かり、ました。マスターのお帰りをお待ちしております」

「うん、かんばってくるよ」

初めての依頼は魔物の討伐。

僕はレイアと別れて、フィナと共に早めに集合場所へ向かう事にした。

＊＊＊

僕はフィナと他の冒険者達と共に、坑道の魔物の討伐依頼に参加していた。

集まった冒険者は数十人もいて、中々規模の大きな仕事だと言える。

以前、魔導師として王宮に勤めていた時もこういう仕事はあった。

多くは冒険者に依頼していたから、時間は経ってもその辺りは変わらないらしい。

ここの冒険者達は、僕の事をすんなり受け入れてくれた。

「灰狼を倒したっていうあんたともう一緒に仕事ができるとは思わなかったぜ」

「今日は期待してるよ！」

「あ、ありがとう。がんばるよ」

むしろ少し圧倒されそうだった。

フィナ曰く、それなりの実力者が集まっているらしい。

「あなたが来てくれて助かるわ。正直、今回は数も多いと思うし」

「別に構わないよ。フィナは怪我の方はもう大丈夫？」

「ええ、おかげさまで」

「そっか。それなら良かったよ」

僕には放っておくという選択肢は、実のところなかった。

五百年経ったと言われても、僕にとってはほんの一瞬にしか思えない。

レイアみたいに別人のようになる事もないし、むしろ少しだけ考えに余裕ができたくらいだ。

(まあでも、一先ずは目先の事に集中しないとね)

僕を含めて、魔導師は数人程度だ。

後衛からの援護が基本となるけれど、いざ坑道内となれば道も狭くなる。

場合によってはチームが分かれるなんて事もあるだろう。

けれど、坑道までの道のりは大所帯であるため非常に楽なものだった。

基本的には前衛だけで何とかしてくれる。

時折左右からやってくる魔物にも、誰かしら早く反応していた。

「《ブレイズ・ショット》！」

一人の魔導師がそう言って魔法陣と共に魔力を練る。

燃え盛る矢が作り出されると、それがやってきた魔物へと襲いかかる。

僕はそれを見て学習していた。

(ああ、かなり簡略化してるな……それに魔法陣の描き方も結構違うね)

一度見れば、大体の法則性は摑める。

次に魔物がやってきたときには、僕は先ほどの魔導師と同じように魔法を使っていた。

「あれ、《失われし大魔法》は使わねえのか？」

「ああ、あれはね……」

「切り札だろう、切り札。灰狼クラスじゃないと使わないのさ」

「うん、そういう事」

冒険者の問いかけに、別の冒険者が答えてくれたので頷く。

切り札という話で通ってくれるのならむしろ好都合だった。

《失われし大魔法》が使えるからといって、僕がフエン・アステーナであるとイコール関係にはならないようだ。

正直、見た目が知られていないのも助かる。

「もうすぐ坑道だけど、坑道内の地図は持ってるわよね？」

「うん、さっきもらったのがあるよ」

「万が一はぐれた際の合流地点とか描いてあるから、なくさないようにね」

「分かった。気を付けるよ」

「入り組んだ場所じゃチームを分ける可能性もあるからな！」

「はぐれないように注意しろよ！」

「おめえが一番はぐれそうだけどな」

「何を!?」

「あははっ」

坑道前でも冒険者達のノリは変わらない。

馴染みやすい雰囲気があった。

僕なら単独でも脱出はできると思うけど、むしろはぐれた場合のチームの方が少し心配だった。

魔物の数も多いっていうし……。

（うん、はぐれないようにしよう）

僕はそう決意する。

森の奥地に、坑道の入口が見え始めていた。

＊＊＊

森の中でレイアは一人、木の上に待機していた。

フエンと別れてから早々にここで準備をしていたのだ。

耳元には黒い線で繋がった魔石があり、それが口元まで伸びている。

「あー、あー、聞こえますか？」

『かぁー』

『――』

「はい、お返事ありがとうございます。えー、本日の作戦をお伝えしますね」

レイアは他の二人の返事を受けて、淡々と説明を始める。

「今回の作戦は単純です。坑道内にいる魔物の掃除です」

『かぁー』

『――』

「良いお返事です。本来ならばこういう仕事はアルフレッドさんやグリムロールさんの担当なのですが、アルフレッドさんはまだお務めの最中です。その代わりに第一地区を守るのはグリムロールさんなので……今回はマスターとも面識のあるあなた方を選出しました」

『かぁー?』

『――』

「はい、その通りです。万が一……いえ億が一――いえ……兆が一でも私のマスターがたかがその辺りにある坑道の魔物にやられるという事は、京が一にもあり得ないと思いますが……ゼロではありません。この意味が分かりますね?」

『かぁー』

『――――』

「はい、まさにそうです。可能性をゼロにするためのあなた方――マスターに危険を及ぼすと思われる魔物は全て排除してください。もちろん、食い残しは必要です」

マスターに疑われてしまいますからね、とレイアは付け加える。

レイアの言葉に答えるのは、カラスのような鳴き声と重低音の金属が擦れ合うような音。

どちらもフエンが一度会った事がある者であり、《魔導要塞アステーナ》の管理者を務めている。

「では、それぞれ別のルートから侵入を開始。行動を開始してください」

『かぁー！』

『————ッ！』

「ええ、期待していますよ。ヤーサン、ギガロス」

二人の返事に、レイアがそう答える。

第十六地区の管理者のヤーサンと、第二地区の管理者であるゴーレムのギガロスが坑道内へと侵入した。

＊＊＊

坑道内に突入する前に、地鳴りが響き渡った。

僕を含めて、一度冒険者達が足を止める。

「今のは……？」

「なんだろ。そんなにでかい魔物がいるって事？」

フィナは僕の問いかけに首を横に振る。

そんな情報はないという事だろう。

だが、あくまで情報がないだけだ。

坑道内にひょっとしたら、それだけ大きな魔物が潜んでいるのかもしれない。

「仮に大きな魔物がいたとしたら……少しまずいかもしれないわ」

「ん、どうして？」

「坑道内に魔物が溢れているのは事実だけれど、それほど強力な魔物はいないはず——っていうのが前提なの。だから、幅広い募集でもあったし、メンバーも多めにしたのだけれど……もしそういう魔物がいたら対処できないかもしれないから。それに、坑道自体もそんなに頑丈じゃないみたいだし」

「そういう事か」

「私は……まだ一人じゃ灰狼に手も足も出ないくらいだから……」

そう言うと、フィナの表情はまた暗くなった。

初めて会った頃もそうだったが、フィナはどこか自身の強さにこだわっているような気がする。

「そう言えば、フィナは森の中で何をしてたの？　結構奥の方だったと思うけど……」

「え!?　そ、それは……」

僕が問いかけると、フィナは少し迷ったような表情を見せる。

だが、少し恥ずかしそうな表情を浮かべながら答えた。

「剣の修行で、通っているの」

「剣……？」

「そう。あの辺りって灰狼ほどじゃないけれど、結構強い魔物が棲んでいるのね。だから、修行したいと思って」

「そうなんだ。それは冒険者として強くなりたいからって事？」

「そういう事。恥ずかしいから周りには言わないでね」

「別に強くなりたいっていうのは恥ずかしい事じゃないと思うけど」

「フェンだって、そんなに強いならもっと強気でいたらいいじゃない？」

「そ、それは——うん、僕もそうだったらいいなと思う事はあるよ。性格の問題、かな」

僕がそう答えると、フィナは少し可笑しそうに笑った。

「ふふっ、でも、そうね。強さを誇示するっていう感じはあまりしない気はしていたけれど——」

「おい、中の奴らが何体か出てきたぞ！　さっきの音の影響じゃないか!?」

前方を行く冒険者の言葉で、全員がそれを視認する。

クモの姿をした魔物や、アリの姿をした魔物が複数体、外へと飛び出してくるのが見えた。

「うわっ、虫の魔物か……」

「苦手なの？」

「あまり好きじゃないね……」

「そう。冒険者やるなら慣れとかないとね！」

フィナがそう言って駆け出す。

彼女は魔法も使えるが、基本は剣で戦うタイプだった。

灰狼のときは追い詰められていたが、普段の彼女は剣士として優秀なのだろう。

誰よりも早く反応しているところを見ると、この中で僕を除けばフィナが一番強い冒険者であるという事が分かる。

虫型の魔物に対して剣を振るうその姿にも、無駄は少ないように見える。

もっとも、剣士ではない僕からの評価ではあるけれど。

(考えている暇があったら少し協力しないとね)

「《エアル・カード》」

僕は先ほど覚えたばかりの魔法を使っていた。

四角い風の壁は防御にも攻撃にも使え、中々使い勝手がいい。

僕としては土魔法辺りがどこでも使えて便利だと思うけれど、パーティの中には使ってくれる人はいなかった。

代わりに他の魔法は見て覚えておく。

正直、これだけでも中々楽しい。

（自分の知らない事がたくさんあるっていうのはいい事だね）

素直にそう思う。

知らない人とパーティを組んで魔物を狩りに行くだけでも楽しめるんだって。

（僕の事を知らないっていうのがやっぱり大きいかな）

かつて《七星魔導》と呼ばれた時は、僕の姿を知らない者の方が少なかったくらいだ。

そのせいで、常日頃から狙われるような生活をしていたわけだけど。

「フェン、援護お願い！」

「分かった！」

そう考えているうちに、魔物はさらに数を増していた。

楽しむのも程ほどにしておいた方がいいかもしれない、と早々に感じるのだった。

＊＊＊

「な、何をやっているんですかーっ！」

レイアの慌てる声が辺りに響く。

大きな地鳴りはレイアのところまで響いており、坑道の上部二ヶ所から土煙が上がっているのが見えた。

どう見てもヤーサンとギガロスが原因である。

『がぁー』

「ヤーサン、何か食べながら話すのはやめてください。ギガロス、いくらコンパクト化に成功しているとはいえ、あなたは対国家兵器なんです。対一軒家兵器くらいまで出力を抑えてください」

『――』

「はい、その通りです。蚊を潰すイメージで振りかぶって――」

ドオオオンッ、という大きな地鳴りと共に、ギガロスの入った入口からまた土煙が上がる。

「ダメじゃないですかっ！」

『――』

「『難しい？』、何とかしてください！」

『がぁー』

「ヤーサンは何か食べながら話すのはやめてください！」

レイアの注文を受けながら、ヤーサンとギガロスは坑道上部から侵攻していた。

ヤーサンは身体の大きさを坑道内部に合わせて変更していた。

つまり、坑道内の狭さにぴったりフィットした状態で、ミミズのように坑道を進む。

およそカラスとは思えないような形だった。

一方のギガロスは、フエンが作った際は大きな身体を持ち、固定砲台としての役割の強かった以前に比べるととんでもなくコンパクトになっており、土色の鎧を着た騎士のような姿をしている。

手に持つは太陽の輝きをイメージして作られた魔剣《サンフレア》。

軽く振るうだけでも衝撃と熱によって坑道内は爆風に包まれる。

どちらも狭い坑道で真価を発揮できるタイプではなかった。

さすがのレイアも困惑する。

（このままだと坑道自体が崩れてしまうかも……マスターならそれでも無事でしょうが、これでは本末転倒ですね……）

レイアは一度冷静になる。

だが、二人を戻すつもりはなかった。

「ヤーサンは最小サイズで、ギガロスは素手で戦ってください」

『かぁー？』

『――――』

「はい、むしろ真価を発揮する必要はありません。程よく始末する――あくまでその方向でいきましょう」

現実問題、魔物を始末するだけならどちらか片方でも事足りる。

坑道ごと破壊できる能力はどちらも持っているのだから。

けれど、重要なのはあくまでフエンの安全を確保する事。

多少の粗さは許容するつもりだったが、この二人の粗さは荒さにしかならないので、レイアは作戦を変えた。

とにかく安全に数を減らす事――これでようやく、坑道内は静かになっていた。

「ふぅ……これで何とかなりそうです――」

その時、レイアの身体に数本の糸が巻き付けられる。

それは坑道内から溢れたクモの魔物と同じタイプの糸。

だが、そこにいるのはクモではなかった。

「……私に何か御用でしょうか？」

「いやぁ、『素体』探しに来たのだが……君のようなとても素晴らしい魔導人形に出会えるとは思わなくて、思わず捕まえてしまったのだよ」

身体に巻き付いた糸を見ながら問いかけるレイアに、そんな答えが返ってきた。

糸を伸ばす複数体の魔導人形と、一人の男がそこには立っていた。

第三章　暗躍する者達

『かぁー？』

『――』

「ギガロス、ヤーサン。聞こえていますか？　すぐにマスターの――」

その瞬間、レイアの言葉を遮るように糸が耳元をかすめた。

通信用の魔導具を破壊されたのだ。

「誰と連絡していたのか知らないが、私と話をしてもらってもいいかな？」

「……」

レイアは捕らえられた状態でも動じる事なく、男達を見た。

魔導人形はそれぞれがレイアの動きに対応できるように構えており、その数は十三体。

その中心部に構えるのは頬がこけた長身の男。

ローブを羽織り、胸元には《黒竜》を象（かたど）ったエンブレムが見える。

（《黒竜》のエンブレム……《黒印魔導会》でしたか）

ここ百年近くは、フエン・アステーナに宛てた手紙も来る事はなかった。

それでも、レイアはある程度の勢力は知っている。

フエンには世界は平和になったと伝えたが、それはあくまで五百年前に比べればの話だ。

色々なところで事件が起こるというのは変わらない。

今まさに、目の前でそれが起こっているのだから。

「『素材』集めでしたらそこらの魔物でも狩ってきていただければ。私は魔物ではございませんので」

レイアはそう言いながら、自身に巻き付いたクモの糸を引っ張る。

ギリギリと音を立てながら、クモの糸は徐々に細くなっていく。

「素晴らしい。まるで人間のようだな」

男はそう言うと、魔導人形達に合図をした。

その合図とほぼ同時に展開した魔導人形は、新たにクモの糸をレイアへと伸ばしその動きをさらに抑制する。

踵の部分から杭のように鉄が伸び、魔導人形は身体を固定した。

(この『糸』の頑丈さ……通常のものではありませんね)

「いやぁ、実に可愛らしい……ああ、申し遅れた。私の名はブレイン・コーストンと言う」

「別に聞いてはおりませんが」

「この状況下でも反抗的な態度……魔導人形だから当然と言うべきか、それとも魔導人形らしからぬ美しさと言うべきか……とにかく素晴らしい！」

見た目に依らずやけに暑苦しいブレインの態度に、レイアは眉をひそめる。

ブレインの目的はすでに分かっていた。

レイアの身体、つまり魔導人形であるレイアを欲しているのだと。

「マスターにもこれくらいの情熱があれば私も苦労しませんが……あなたのような方に迫られても困ります。私の全てはマスターの物ですので」

「マスターというのは、君を作った人の事だね。いやはや、是非お会いしてみたいものだよ。どうやって君のような魔導人形を作り出したのか……。もしかして先ほどの連絡相手だったかな？」

「さあ、どうでしょう。少なくとも、マスターは森でナンパをするような暇人とは違うんです。あなたに会わせる予定などありません。あなた方も主を選べず大変ですね」

「……」

魔導人形達からの返事はない。

複数体いる分、一体一体の質はそこまで高くないようだ。

むしろ、戦闘に特化させているようにも見える。

「ははは、そうかね。それは残念だ。私もあの坑道の掃除を依頼した身として、仕事の具合と素材集めにきたのだけれど、随分と派手にやる者もいたものだね」

「！　あの坑道はあなたの所有物ですか」

「ん、その通りだよ。もしかして、君のマスターはあの坑道で仕事をしているのかな？」

「……だとしたらどうだと言うのです」

（まずいですね……マスターのお仕事の依頼者が相手となると、マスターの仕事にも支障が――）

「マアル、カナン。坑道にいって待機させている魔導人形と共に冒険者達を始末しろ。そうすればこの子は誰の――」

ブチンッという大きな音がブレインの言葉を遮る。

ブレインが驚きの表情でレイアを見た。

「ああ、私がキレた音ではありませんよ。少し勢いあまって腕が千切れた音ですから。ですが、私を狙うならばまだしも……マスターを狙うというのであれば見過ごすわけにはいきませんね。どのみち、見過ごすつもりもないですが」

レイアはあくまでそう冷静に答えるが、その表情はすでに殺意に満ちていた。

アルフレッドが相手をしている男達の時とは状態が違う。

ギリギリと他の部位まで千切れそうなほどに糸を引っ張りあげる。

「いけ。マアル、カナン」

「承知しました」

二体が動き始めると同時に、レイアの千切れてしまった肘から先に魔力で作り出された刃が出現する。

身体に巻き付くそれを切り裂き、レイアは魔導人形達と向き合った。

本来ならば、レイアが今すぐにでも坑道にいるフエンのところへと行きたいところだったが——

「君をこれ以上傷付けたくはないのだが……仕方ないね」

「傷付く事など私は気にしませんよ。ですが……これだけの数の魔導人形だと、数秒はかかってしまいそうですね」

無理やり動いた事で、レイアの身体のあちこちが軋んでいた。

けれど、レイアはそんな事は気にしない。

余裕な態度のブレインに対し、レイアはそう言い放ったのだった。

＊＊＊

「かぁー？（聞こえたかよ、ギガロス）」

「——（ああ）」

坑道内の管理者達のみが通信可能という状態になっていた。

レイアの身に何かが起こったのかもしれないが、彼女が最後に言い残したのは「すぐにマスターの」という言葉だった。

「かぁー？（すぐにマスターの……貞操を奪え？）」

「――（言いそう）」

「かぁー（奪うならむしろ本人が行くか）」

「――（かもしれん）」

「かぁー？（じゃあ、すぐにマスターの貞操を守れ？）」

「――（女の子か）」

「かぁー（似たようなもんだぜ）」

「――（かもしれん）」

どのみち護衛するのはフエンである事には変わらない。

レイアとの通信が途絶えたのならばと、二人の考えは一致した。

ヤーサンは横道に逸れて、コロコロと下の方まで転がっていく。

ギガロスはサンフレアに魔力を流し込む。

赤く輝きを放つ剣を地面に突き刺し、下の方へと移動を開始した。

それぞれの管理者が、フエンのいる場所を目指したのだった。

＊＊＊

「ねえ……」

「ん、どうかした？」

フィナは額をぬぐいながら、周囲を確認する。

坑道に入ってから数十分。

魔物を倒しながら僕達は進んでいた。

「さっきから暑くない……？」

「あー、分かるぜ。坑道に入った頃は涼しいくらいだったんだが」

フィナの問いかけに、他の冒険者達も頷いた。

確かに、少し暑いとは思う。

先ほど坑道の外にいたときは何度か地鳴りがあり、中ではとんでもない事が起こっているのではないかと思われたが、実際のところ坑道内にいる魔物の強さも先ほどと変わらない。

正直、少しホッとしている。

（これなら分かれたチームも大丈夫かな……）

現在は三チームほどに分かれて行動していた。

僕はフィナと同じ坑道の中心部——一番魔物が多くいると思われる場所だった。

僕の実力からしてそこが妥当だという話もあり、僕もそれに同意した。

Eランクの冒険者に頼るのは本来あり得ない事らしいけれど、フィナが信頼を置いているという事でチームメンバーも同意してくれた。

正直、フィナの話だけでここまで信頼するなんて大丈夫なのかとも思っている。

（仲間なんて――いつ裏切ってもおかしくないのにね）

僕の経験から言うと、その気持ちの方が強かった。

それでも僕がここにいるのは、結局五百年という月日が経っても僕という人間は変わってないという事だ。

（結局、僕は――）

「待て、前方から何か来るぞ！」

前を行く冒険者がそう言い放った。

虫系の魔物ではないという事は、僕にもわかる。

いや、むしろかなりそのフォルムに見覚えがあった。

（あ、あれって……）

コロコロと勢いよく、それは転がってきた。

黒くて丸い身体。

時折垣間見える黄色い三本足と嘴（くちばし）。

そして、「かぁー」という坑道内に響く鳴き声。

「ヤーサン!?」

「ヤーサン？　知っているの？」

「あ、いや……」

思わず口にしてしまったが、ヤーサンは《魔導要塞アステーナ》の管理者ではあるが、相当小さい。

僕でも許容できるくらいだし、彼らでも大丈夫だろう。

「うん、僕の……ペット？」

「何で疑問形？」

フィナに聞き返されて、僕は言いよどむ。

果たしてヤーサンはペットと呼ばれて怒らないだろうか。

結構男前な話し方みたいだし……まあ、ここなら大丈夫か。

「なんでフェンのペットがこんなところに――」

「かぁー！」

前方の冒険者の問いかけを遮るように、ヤーサンが大きな声で鳴く。

そして、全員の間をすり抜けたかと思えば、僕の下半身にピタリと背中合わせで貼り付いてきた。

「なっ……ど、どうしたの？　ヤーサン」

「かぁー」

短い羽をバサバサと広げ、謎の技術で貼り付いてくるヤーサン。

その必死さはまるで僕の下半身を守るかのようで――

「わははっ！　ペットに股間守らせてんのか？」

「い、いや……いつもはこんな事してこないんだけど……！」

「ふっ、ふふ。ちょっと、笑わせないで」

フィナも含めて、冒険者達に笑われてしまう。

それはそうだ。

不意にやってきたペットに下半身を守られる人間など、僕だっておかしいと思う。

「ちょっとヤーサン……！　一旦離れてくれるかな？」

「かぁー！」

ヤーサンを引き離そうとするが、謎の技術により剝がれない。

いや、ほんとうにどうやって貼り付いているんだろう。

柔らかいヤーサンの身体を強く握るわけにもいかず苦戦していると、ジィンという奇妙な音と共に、壁から突如赤い剣のような物が飛び出してきた。

「こ、今度はなんだ!?」

「この熱量……！」

僕ですら、それを見て驚く。

先ほどから坑道が暑い理由が、一目で分かった。

今、僕達の目の前に現れようとしている存在が原因なのだ。

和やかムードが一転、今度こそ臨戦態勢に入る。

僕も《灰狼》の時以上に警戒する。

(これだけの熱量を出せるなんて……僕の作ったギガロス並みだ……！　そんな魔物が生息していたなんて――え？)

だが、壁を円形状に引き裂いて出てきたのは予想外の姿だった。

そこにいたのは土色の鎧を着た――大柄の騎士だったからだ。

足から兜に至るまで、その姿は同じ色をしている。

手に持った剣はすでに輝きを失い、がっしりとしているが鋭さのあるフォルムは正直格好いいと思う。

全員が、息を呑んでその姿を見る。

土色の騎士は静かに、こちらを見据えていた。

「あ、あんた……冒険者、か？」

「――――」

重低音の金属のような音が響く。

仲間の冒険者の問いかけへの答えは、僕には理解できてしまった。

「マスター、守りにきた」と、土色の騎士は言ったのだ。

ゴーレムの言っている事は、僕にも分かってしまうのだ。

「……!?」

（マスターって僕の事……？　あ、あの胸元のマークって……!?）

僕はそれを見て気付いた――気付いてしまった。

土色の騎士はおよそ僕の知っている姿とは程遠いが、十字の傷のようなマークは僕がよくゴーレムに使うものだ。

《七星魔導》の扱うゴーレムの証。

そして、ゴーレムが使う熱量で導き出される答えは――

「ギガロス!?」

「え、また知り合い？」

「あっ、その……し、知り合いというか――」

僕が釈明をする前に、ギガロスは動き出した。

大きな身体で冒険者達の間を通り抜けていくと、僕の前に跪く。

そして、ヤーサンの前にそっと両手を添えた。

「は？　え、何やってるんだ……？」

「――――」

重低音の声で、僕の問いかけに答える。

「貞操を守りに」とギガロスは言ったのだ。

「貞操……？」

「わははは！　まさかあんたもフェンの股間を守りにきたのか!?」

「ちょ、笑わせないで……！」

「僕は何もしてないんだけど!?」

突如現れたヤーサンとギガロスによって何故か下半身を守られる羽目になる。

チームの皆に完全に笑われる状態になってしまった。

緊迫感がまたしても和やかムードになる。

後方を守る冒険者達が、またやってくる誰かに気が付いた。

「おいおい、後ろからもまた誰か来るぜ」

「またフェンの知り合いか？」

「な、まさかレイア!?」

ここまで来たらもう一人しかいない。

そう思って僕は振り返るが、そこにいたのは複数の人影。

「！　全員下がって！」

「え？」

「顕現せよ、岩の牢――《大地の牢獄》！」

僕はそれを視認すると同時に魔法を発動した。

向かってくるそれらは、こちらに対して敵意を見せていたからだ。

こちらに辿り着く前に岩の柵が出現し、やってくる者達を阻む。

女性の姿を象ったそれは、《魔導人形》だった。

(魔導人形――それも複数体？　一体どうなってるんだ……)

「お、おお？　これが《失われし大魔法》か……？」

「すげえ……って、あの嬢ちゃん達はフェンの知り合いじゃねえのか？」

「……そうみたいね。よく分からないけど、敵って事かしら」

フィナも警戒するように剣を構える。

当然、魔導人形の知り合いがいたとしても、こんなところにいるはずもない。

「少なくとも、僕の友人ではないね……」

僕の魔法に冒険者達が驚く。

また、やってきた者達が僕の知り合いだと思っている者もいたが、僕の魔導人形はレイアしかいない。

ヤーサンとは会話できないけれど、ギガロスの方ならば可能だ。

僕はギガロスの方に向き直る。

「どうなってるのさ、ギガロス……あと、二人とも下半身から離れて？」

「かぁー」

「――――」

「え、レイアと連絡が取れない？」

ヤーサンは何を言っているか分からなかったが、ギガロスの言っている事は分かる。

ギガロスから告げられたのは、そんな事実だった。

＊＊＊

レイアが森の中を駆ける。

その動きに合わせるのは三体の魔導人形。

全員が中距離以上の飛び道具を使用できるが、レイアには関係がない。

地面を蹴って反転、距離を詰める。

二体がクモの糸を飛ばしてくるが、レイアはそれを切り払う。

残りの一体がナイフでレイアに仕掛ける。

「火力不足ですね」

ナイフを素手で掴むと、レイアは魔導人形を魔力の刃で両断する。

だが、両断された魔導人形から放たれたクモの糸が、レイアを捕らえた。

「！」

「捕獲」

残りの二体もそれに合わせて動く。

レイアの足元へとクモの糸を伸ばし、その動きを完全に封じようとする。

「無駄なことを」

レイアは身体を回転させせながら、宙を舞う。

その勢いのまま身体に絡み付いた糸を切断した。

そのまま自由となった身体で、レイアは残りの二体を両断する。

「これで十一体目――」

いなくなった二体を含めればこれで全員だ。

あとは魔導人形の主であるブレインを制圧すれば終わる――これを、レイアはすでに四回迎えていた。

「いやぁ、見事だね」

カチャリという奇妙な音と共に、ブレインの声がレイアに届いた。

そこにいたのは、先ほど倒した八体の魔導人形。

「……『私が倒れても第二第三の私が』っていう、魔王が遺した名言があるらしいですね」

「この状況にピッタリかね？」

「ええ、第二第三のあなたが現れようと、所詮は滅びたあなたと同じですと返してあげたいところです」

レイアが再び向き直る。

無理やり動いていたために軋む身体。

そして何より、フエンの事が気がかりだった。

(この程度の魔導人形にマスターがやられるとも思えませんが……マスターは心優しいですからね。他の冒険者を守ろうとして庇うなんて事も……)

坑道にはヤーサンとギガロスがいる。

いずれも単独で国家戦力に相当する強さを持っているが、狭い場所での戦闘には向いていない。

それに、フエンのところに向かっているかも分からなかった。

(——とはいえ、彼らなら私の意図を汲み取ってくれると思いますが。くっ、本来ならば私がすぐにでもマスターのところに駆けつけるというのに……!)

「では第五ラウンド……今度は何十秒かかるかな?」

「っ!」

同時に八体の魔導人形が動く。

先ほど破壊した魔導人形の修復も始まっていた。

レイアは単独での戦闘能力が低いわけではない。

だが、五百年に亘る要塞運営の結果、レイアは現在複数の魔法を同時に制御している状態にある。

レイア自身が手を下すのではなく管理者を使うのは、その点が大きかった。

（アルフレッドさんの死霊術を解除してしまうと暴走してしまうかもしれませんし……）

そのとき、まだ修復の途中だった魔導人形からクモの糸が伸びる。

レイアの反応が一瞬遅れた。

「しまっ――」

その糸は、レイアの千切れた腕の方に絡み付き、動きを封じる。

八体同時に糸を伸ばし、レイアの動きを封じようとする。

「同じ手ばかり……！」

だが、今度はレイアの動きが止まる。

関節部を狙い、完全にレイアの動きを静止させたのだ。

「ようやく振り出しのようだね。改めて見ると、メイド服で傷付いた女性というのは映えるものだ」

「……そういったプレイでしたらご自身の魔導人形でされたらどうですか？」

「嫌がる相手でなければ面白くはないだろう？」

「最低ですね……」

「まあいい。君の主を殺すつもりだったが、君をこのまま持って帰れそうだ。暴れられるのも面倒だ……一先ずは核だけ取り出しておこうか」

「……！」

レイアは身体を動かして抵抗するが、クモの糸が完全にレイアの動きを封じていた。

（戦闘は管理者の皆さんに任せすぎていたようですね。私とした事が……）

魔導人形の一体が前に出る。

大きな手は鉤爪のようになっており、素材の中身を取り出すように作られているのだろう。

レイアの胸元へと迫ってくる。

（こうなれば……）

レイアは魔力を核の方へと流し込む。

奥の手というのは最後まで取っておくものだと、用意しておいた。

（これでマスターを害する者は……）

――君は僕が初めて作った魔導人形だからね。だから、君の名前は――

「！」

（何故、このタイミングでそれを……）

レイアが思い出したのは、かつての記憶。

まだ、レイアが魔導人形として作られたばかりの頃の事。

その一瞬の思い出が、レイアの判断を鈍らせた。

鉤爪がレイアの身体に突き刺さる。

「では、頂くとしよう」

「――いや、それは無理だね」

ブレインの言葉に答えるように、そんな言葉がレイアの耳に届いた。

気が付けば、傷付いたレイアの身体を支えるように、その人はそこにいた。

「マ、マスター……!?」

「色々とあったみたいだけど、一先ずは間に合ったかな」

レイアに対し、フエンが優しく微笑む。

鉤爪を持った魔導人形の腕はバラバラと砕け散り、地面へと転がっていた。

＊＊＊

「こんな見計らったようなタイミングで……しかもお姫様抱っこ……！　ああ、こんな事されたら私――マスターは私を殺す気ですか!?」

「助けにきたんだけど!?」

見た目以上に軽い身体のレイア。

見れば左腕の肘から先が無くなっており、あちこちに傷が目立つ。

レイアの戦闘力は決して低いわけではない。

そう考えると、単純に相手が強いという事もあり得る事だったが……そういうわけでもないらしい。

「レイア……一体いくつ魔法を展開したままなんだい？」

「ふふっ、乙女に秘密は付き物ですよ」

「そこ隠すの!?　……まあ、後で話は聞くけどさ。僕もギガロスとヤーサンに任せてこっち来てるし」

「あの二人は無事マスターのところまで向かったのですね」

「うん。どういう指示したのかも後で聞きたい……」

「……？」

レイアが疑問に満ちた表情で僕を見る。

珍しく本当に分かってなさそうな表情だった。

いや、下半身を守るってどういう事なのって話なのだけれど。

「はじめまして、私の名はブレイン。君がその魔導人形のマスターかね」

「うん、僕はフェン――冒険者をやってる。言っても無駄だとは思うけれど、人の物に手を出すのは良くないよ」

「そ、それは『お前は俺の物だ』っていう遠回しのプロポーズですか？」

「この状況でその解釈はおかしくない!?」

「戦場で二人きりなら愛の告白があってもおかしくないですよ！」

「いや二人どころか十人超えてるよ!?　周りよく見て！」

「私にはマスターしか見えません……」

「見せつけてくれるではないか。ますますほしくなったよ、君の魔導人形」

僕とレイアが話をしている間に、十一体の魔導人形が周囲に展開する。

それぞれが少女の姿をしているが、レイアに比べるとやや人形感が強い。

「魔導人形を使う割には、あまりこだわりがあるように見えないね」

「それはそうだ。これらは道具。普段使うのであればその用途に合った使い方をするのが当然。君の人形は純粋な観賞用だ」

「私に見られて興奮する趣味はありませんが、マスターにだったら……」

「ここでその返答はいらないかな！」

「むしろ乱暴に道具扱いしてくださっても、いいんですよ？」

レイアが僕の事をちらりと横目で見てくる。

何を期待しているのか分からないけれど、僕にも見るだけで興奮するような趣味も、レイアのような人間に近い感性を持った者を道具扱いする趣味もない。

「レイアを道具扱いはできないよ」

「嫁にしかできないですか？」

「言ってないね!?」

「痴話喧嘩はそろそろ終わりにしてもらってもいいかな」

ブレインの言葉と同時に、十一体の魔導人形が構える。

いずれも僕とレイアを狙って「何か」を飛ばそうとしているのは分かった。

「マスター、私はまだ戦えます。マスターの手を煩わせるような相手では――」

「いや、もうそのタイミングは過ぎているよ」

「……は？」

ブレインが間の抜けた声を上げる。

ブレインが周囲に展開した魔導人形を全て、僕が地面から伸ばした岩の槍で貫いたからだ。

「《地雷針》――複数の相手には便利だけれど、加減が難しいね」

「な、何者だ。お前は……魔法を発動するタイミングなど……それにこの魔法は――」

「僕が何者かなんていうのはどうでもいい事だよ。けれど、あなたは僕を狙うだけならまだしも……他の冒険者も狙っていたね。それに、レイアもこんなに傷付けて――狙われる事には慣れているけれど、巻き込むのは良くない事だよ」

魔導人形達を貫いた岩の槍は先端が返しとなっており、魔導人形の動きを封じる。

およそ複数体の魔導人形を指揮するのであれば、その魔導人形自体を封じてしまえば魔導師の方は何もできなくなる。

「魔導人形っていうのは一体で十分なんだ。こういう使い方はあまりオススメしないよ」

「それはマスターが純情で一途ということで間違いないですか？」

「レイア、ここは真面目なところだから」

「っ！　承知しました、マスター」

僕の言葉を聞いてか、少しだけしゅんとした表情をするレイア。

何もレイアに対し言葉を強くする必要はなかった、と少し反省をする。

「ごめん、レイア。少し気が立ってたかも」

「いいえ、そんなマスターも素敵です」

ボロボロになってもレイアの性格は変わらなそうだった。

いや、実際には僕の知っているレイアとは違うのだけれど。

「リオ……霧を！」

「承知、しました」

ブレインの指示と同時に、一体の魔導人形が身体から霧を噴射する。

撤退するための妨害魔法なのだろう。

一瞬で周囲は濃い霧に包まれる。

「マスター、敵に逃げられます……！」

「そうだね。けれど、目的は達成したから」

「なっ……見逃す必要などありません！」

「レイア、今の僕の目的はレイアを助ける事であって、あの魔導師を追いかける事じゃない。周りの十一体もまだ動いてる」

動きを封じたとはいえ、魔導人形はまだ攻撃を仕掛けてくる事はできる。

その程度の攻撃くらいならば避けて追う事もできるだろうけれど、すでにやるべき事はやってある。

「一先ず、ヤーサンとギガロスも心配だからさ……」

「あっ」

レイアもその言葉を聞いて気付いたらしい。

彼ら二人には坑道内にいる冒険者の護衛を任せてしまったが、正直放っておくのは心配だった。

大丈夫だろうとは思うけれど、今はそちらの方が心配だ。

「まずは坑道に戻ろう。レイア、歩けるかな？」

「……はい、大丈夫です」

レイアを地面に下ろす。

霧が晴れた頃には、周囲の魔導人形の動きは完全に停止していた。

坑道まで真っ直ぐきたから、戻るのはそれほど苦ではない。

早めに坑道に戻ろう――

「お待ち下さい、マスター」

「ん、何か問題があった？」

「いえ、マスター。純粋な質問です。マスターは――どうして坑道に戻られるのですか？」

僕は思わず足を止める。

レイアから切り出されたのは、そんな問いかけだったのだ。

「どうしてってまた……そんな事が気になる？」

「はい、私には分かりませんから」

僕にはむしろ、レイアの言っている事が分からなかった。

先ほどまで坑道にいたのだから、戻るのは当たり前の事だ。

「ヤーサンやギガロスは放っておけないじゃないか」

「それはその通りです。まあそれも私の方で回収できますが……聞き方を変えさせていただきます。

なぜ、坑道の依頼をお受けになったのですか？」

「それは言ったじゃないか。僕だって生きるためにはお金が必要だし……」

「ですが、わざわざ坑道での依頼を受ける必要はありませんでした。その辺りの弱い魔物を倒す依頼でも、それこそ予定通り薬草を採取するだけでもよかったと思います」

「それは……」

僕は言葉に詰まる。

レイアの聞きたい事は、もっと根本的な話だった。

「マスターは何を望まれますか？　昨日、マスターは平穏を望まれると仰いました」

「うん」

「本当にそれを望まれるのなら、《魔導要塞アステーナ》に引きこもればよいのです。あそこ以上に危険なところはありませんが、マスターにとってはあそこ以上に安全な場所はありません。それなのに、マスターは外に出て、フィナさんを助けて……その上町で冒険者になって依頼を受けています」

レイアの言いたい事は分かる。

早い話、僕にとって一番安全なところは自宅なのだ。

色々とレイアが物凄いモノ達を管理者に据えているとはいえ、この数百年僕を守ってくれていた事実は変わらない。

家から出なければそこはもっとも安全だと言える。

「それだとお金が……」

「私が稼ぎます。なんだったら、管理者に国を襲わせたって――」

「それはダメだ！」

「！」

僕は思わず声を荒らげてしまう。

レイアは少し驚いた表情をしていたが、すぐに元の表情に戻る。

僕を責めるわけでもなく、ただ無表情で。

「マスターが望むのは、マスターだけの平穏ではないという事ですか？」

「……僕は、そんな良い人間じゃないよ。結局、逃げ出してここにいるんだから」

「逃げ出して？」

「そうじゃないか。五百年経っていたのは予想外だったけれど、僕は驚く反面――喜びもしたよ」

五百年経ってしまった世界に、僕を知る者はいなかった。

目の前にいるレイア以外は。

魔法の違いなんかはあったり、少しいざこざもあったりしたけれど、僕は普通に冒険者として受け入れてもらえている。

「五百年経った実感なんて結局得られないよ。けれど、僕を誰も知らないなら……その知らない誰かと友達になって、普通に暮らしたっていいじゃないか」

僕の言う事を、レイアは黙って聞いている。

僕はただ、ずっと思っていた事を続けた。

「元々は、《七星魔導》と呼ばれた時だって僕は国の平穏を望んだよ。それは自国だけじゃない。みんなが平穏に暮らせたらいいなっていう普通の願いだ。けれど、僕の力じゃ結局そんな願いすら叶えられない」

「そうだよ。マスターの力でも……？」

「マスターの力でも……？」


「そうだよ。仲間からも結局は地位欲しさに狙われる事だってある。どこへいっても変わらない。だから、逃げたんだよ。僕の名が知れなくなって、自由なところで自由に生きる――そんな事もしたいって言い聞かせたから。けれど、それでも僕は……」

僕が最後まで続ける前に、レイアが僕を抱き寄せた。

魔導人形であるはずのレイアから、誰よりも温もりが感じられた事に驚く。

「マスターはそんな風にずっと悩んでいたんですね」

「……元々、僕みたいな奴が力を持つのが間違いだったんだ。優柔不断でどうしようもない奴だよ、僕は」

「そうですね。正直、そんな事で悩む人はいないと思います」

レイアに否定もされずにそう肯定されて、少し落ち込む。

けれど、その通りだと思う。

「人の事を気にかける人はいるとは思いますけど、そんなスケールで気にしますか？」

「それなりに力があると高望みもするものだよ……」

「そうですね。マスターにはそれだけの力があると思います」

「けれど……結局何もできなかったよ」

「マスターのおかげで救われた人だっていますよ」

「……そうかもしれないけれど」

「それなら、それでいいじゃないですか」

「え？」

「正直、マスターが世界平和みたいな事を望んで悩んでるとは私も思いませんでしたけど」

「い、いや、そんな世界平和ってほどじゃ……」

「ふふっ、マスターが望むのなら、世界だってもっと平和にしてみせますよ」

「そんなの、無理だよ」

「します。無理ではなく、私はマスターが望むのならそうします」

レイアが少し離れて、僕に向き直る。

先ほどまでの無表情とは違い、レイアは優しい表情で微笑んでいた。

「私はマスターがどんな人間であれ、マスターに従います。マスターが世界を平和にしろと言うのならそうします。世界を壊せと言うのならそうします」

「そんな事は言わないよ……」

「ふふっ、そうですね。マスターはそういう人です。それは私だって知っています。それなら——マスターは何を望まれますか？」

レイアは再び、僕に同じ問いかけをする。

「私はマスターを裏切りません。マスターが何をしようと、私はマスターの事を支えます。マスターはどうしたいですか？」

「どうって言われても……」

「ふふっ、マスターの言うとおり優柔不断ですね」

「！　し、仕方ないじゃないか」

「はい、そんなマスターでも――私は愛していますよ」

「はっ、本当はもっとロマンチックな雰囲気なところで言うつもりが……！」

「……面と向かって言われたのは初めてな気がするね」

レイアが焦ったような、それでいて恥ずかしそうに言う。

本当に、彼女はどこまでも人のようだった。

迷いなくそう言ってのけるレイアが羨ましいと思う反面、ありがたい。

「今どうしたいか、だったね」

「はい、マスター」

「僕は昔から友達もいなかったし、そろそろ飲み友達くらいほしいなって思う」

「はい」

「この後坑道の仕事が終わったら、チームのみんなと酒場でお酒でも飲みたいと思ってたんだ」

「はい」

レイアは僕の言う事に、全て頷いてくれる。

そんな風にされたら、僕だって今の願いを言うしかなくなってしまう。

「だから僕は、あの坑道に平穏を望むよ。みんなと一緒に楽しく飲むためにさ」

「――承知しました、マスター。どこまでもお供致します」

レイアはそう言って、僕の願いを肯定した。

今は手の届く範囲でもいい。

僕は僕の望んだ平穏を手に入れるために、もう一度戦う。

＊＊＊

僕が坑道に戻ると、そこには破壊された数体の魔導人形が展開されていた。

パーツのほとんどを失った状態の魔導人形と、砕け散った魔導人形など――人の姿に近いそれが地面に転がっているのはあまりいい光景ではないのかもしれない。

冒険者達はフィナによって集められて、その冒険者達を守るように二体の管理者が展開していた。

「ヤーサン、ギガロス！」

「かぁー！」

「――」

坑道内にカラスの鳴き声と、金属の重低音が響く。

ギガロスは「マスター、指示通りに倒した」と言っていた。

「うん、ありがとう。ヤーサンも」

「かぁー」

ヤーサンはパタパタと羽をはばたかせると、僕の頭の上に乗っかる。

重さをあまり感じさせないけれど、レイアが選んだ管理者だ。

ギガロスだけでも十分だとは考えていたけれど、この戦いの形跡を見る限りヤーサンとギガロスはほぼ半分ずつ倒したように見える。

ギガロスは剣を使ったのだろうけれど、ヤーサンがどう戦ったのか少し気になるところではあった。

「レイアが向こうで待っているから、合流してくれるかな?」

「かぁー」

「――」

二人が頷くと、そのまま移動を開始する。

フィナが僕のところへとやってきた。

「えっと……あの二人は結局フェンの味方、という事でいいのよね?」

「うん。ギガロスとヤーサン――ギガロスは僕のゴーレムで、ヤーサンは……ペットだよ」

「そうなのね……。ギガロスさんは人かと思っていたけれど、さすがに少し大きいものね。話しかけても変な声しか聞こえなかったし」

突然やってきた魔導人形にギガロスとヤーサン——冒険者達もさぞ動揺しているかと思ったが、ゴーレムを扱える者にしかゴーレムであるギガロスの言葉は分からない。

「可愛らしい嬢ちゃんかと思ったが……これが《魔導人形》ってやつなのか。初めて見たぜ」

「助かったよ。後少しでやられるところだった」

「いや、みんな無事でよかったよ」

「それで、あの魔導人形は何だったの？」

「うん……この坑道の持ち主のものだったらしい」

「は、何それ!?」

フィナも含め、冒険者達から驚きの声が上がる。

これはレイアから聞いた情報だ。

ブレインという魔導人形を操る魔導師——彼がこの坑道の持ち主であり、《素材》を手に入れるためにやってきたというのは、この坑道の魔物を使う予定だったとの事だ。

それならば、この坑道の魔物の討伐を依頼するのは少し矛盾を感じさせるかもしれないが、ブレインが望んだのは冒険者達にも倒されない屈強な魔物と——あわよくば冒険者の中から魔導人形の《素体》となる者を選ぶつもりだったのではないか、とレイアは推測していた。

その上で、僕はみんなに問いかける。

「正直色々と迷うところはあるかもしれないけれど、ここは魔石も取れる場所だし……またみんなが利用できる場所にはしたいと思う」

「それはそうだが……」

「もちろん、強制できるものじゃないから。僕の方で――」

「ギルドに依頼している以上、報酬はもらえるんだろ？　それにフェンの言う通りだ」

「そうね。ここの魔石が取れるようになるのはメリットが大きいわ。ただ、その持ち主がいるなら仮に魔物を倒しても坑道の所有権がどうとか言ってくるような気もするけれど……」

「ああ、それなら心配しなくていいよ――僕が話をつけておいたから」

「話って……襲ってくるような相手に話し合い？」

「うん。まあ、それ相応の事はするけれど」

僕の言葉を聞いて、フィナも何かに気付いたように頷く。

逃げ出したブレインには、すでにやるべき事はやってある。

「フェンって灰狼を倒した時もそうだけれど……得体の知れないところがあるわね」

「面と向かってそれ言う？」

「ふふっ、でも二度も助けられたから――いいわ。フェンの言う事を信じて、私達はフェンに協力する」

「おう、俺もするぜ！」

フィナに続き、他の冒険者達も頷いてくれた。

今度は坑道の中でチームを分ける必要はない。

「え、それじゃあ道が分かれた場合は？」

「うん、それなら大丈夫――」

僕がそう答えた瞬間――ズズゥンという地鳴りが周囲に響き渡った。

「……また地鳴り？」

「あ、はは。何か多いね――ちょ、ちょっと待ってて！」

みんなから距離を取り、僕は懐にしまってあった魔導具を取り出す。

これでレイアと連絡が取れるようになっていた。

「レ、レイア……!?　どうしてまた地鳴りが!?　二人には優しくするようにって言ったよね!?」

『あ、マスター。もちろん、ギガロスとヤーサンには優しく魔物達を殲滅するように伝えております。マスター達には危害が加わらないように徹底しております』

「ほ、本当に大丈夫なの？」

『はい、マスター。私を信じてください』

レイアの力強い返答に、僕はそれを信じる事にした。

別働隊として――レイア達が魔物の殲滅に動いてくれているのだ。

＊＊＊

「マスターは平穏を望まれました。この坑道はこれよりマスターと私達――そして冒険者以外の者は不要となります。お掃除の時間ですね」

「かぁー」

「――」

レイアの言葉に、ヤーサンとギガロスが答える。

「燃えてきたぜ」と気合の入ったヤーサン。

「了解した」と言いながら魔剣に熱を込めるギガロス。

その刀身の熱がヤーサンの身体に飛び火していた。

「ヤーサン、本当に燃えているので注意してください」

「かぁー！」

「はい、『火傷しないように注意しな』というのはそっくりそのまま返させていただきます。焼き鳥を所望なら止めませんが」

「かぁー！」

「――――ッ！」

「焼き鳥だー！」と叫ぶギガロスとヤーサン。

掛け声でも何でもないのだが、そのまま二体は坑道内の魔物の一掃に再び動きだした。

ギガロスの持つ魔剣《サンフレア》は熱量だけで周囲の魔物を殺す事ができる。

ギガロスが離れたところにいても坑道内が暑く感じられるのはそのせいだった。

ヤーサンも身体の大きさを変える。

殲滅が目的であるならば、坑道内に沿って動く必要はない。

ズンッと思い切り身体を上に伸ばすと、壁を突き抜けて魔物達を啄んでいく。

ギガロスが剣を振るえば、坑道の壁を溶かして魔物を燃やし尽くす。

「……あ、坑道の方をきちんと保持していくようにと伝えておくのを忘れていました」

レイアはフエンの事以外基本的には気にしていない――冒険者達の事も気にかけた反動によって、坑道の事をすっかり忘れていたのだった。

「ヤーサン、ギガロス！　坑道の保持も忘れないように！　優しくですよ、優しく！」

フエンに言われていた事を伝えた。

だが、耳元に届くのはザァー、ザァーという壊れた音声のみ。

二体との通信が途切れていたのだった。

そんな時、フエンから通信が入る。

『レ、レイア……!?　どうしてまた地鳴りが!?　二人には優しくするようにって言ったよね!?』

「あ、マスター。もちろん、ギガロスとヤーサンには優しく魔物達を殲滅するように伝えております。マスター達には危害が加わらないように徹底しております』

『ほ、本当に大丈夫なの？』

「はい、マスター。私を信じてください」

レイアはそうフエンに伝えた。

レイアの言葉を信じてくれたのか、フエンは安心した様子で通信を切る。

レイアは一度、ふっと小さく息を漏らして微笑みを浮かべる。

そしてすぐに走りだした。

「ヤーサン、ギガロス！　一旦ストップです！」

レイアがそれぞれ自由に暴れまわる二体を止めに走ったのだった。

＊＊＊

パラパラと天井から崩れた土が落ちてくる。

ズゥンという大きな地鳴りが発生するたびに、それは起きていた。

明らかに異常な事態が続いている――冒険者達の中にも少しずつ動揺が広がっている。

先ほどの地鳴りがまた起こり始めたのだから当然だ。

僕にはその理由が分かってしまうから困る。

「やっぱり何かいるのかしら……？」

「は、ははっ、そうかもね」

僕は引き攣った笑顔を作ってそう答えるしかなかった。

レイアは信じてほしいと言っていたが、どう見てもギガロスとヤーサンが暴れているようにしか思えなかった。

（ヤーサンがこんな風に暴れられるとは思えないし——やっぱりギガロス……？　でも、ギガロスの元々の攻撃力を考えたら加減はしているのかな……？）

そんな風に考えてしまう。

ギガロスはそもそも対国家用のゴーレムだ。

それが坑道一つを破壊せずに動いているのだとしたら、十分加減しているとは言える。

だが、仮に手加減をしていたとしても坑道一つを破壊する事は問題なくできてしまうだろう。

そしてもう一つ、ギガロスが原因だと思われる現象があった。

「それにしてもまた暑くなってきたわね」

「確かにそうだな。さっきのゴーレムになんかやらせてんのか？」

「一応、魔物を少し片付けるようには指示してあるけど……」

結局、あの二体も別の場所で戦わせていると説明する羽目になった。

ギガロスもヤーサンも僕の扱うゴーレムと魔物という事になっている。

それだけで受け入れられたのはありがたい事だけれど、そのどちらも《魔導要塞アステーナ》を守護する管理者である事は誰も知らない。

（そんな魔物がこんな坑道に出張ってくるとは思わないよね……）

僕だって知らなかったらそう思わない。

ギガロスは見た目が変わっているし、ヤーサンについては伝説のカラスとされる《ヤタカラス》とはいえ、見た目はただの丸いカラスだ。

けれど、あの二人が何かしていると思われるのは確実な揺れ具合だった。

「レイア、聞こえる？」

また少し離れたところで、レイアに話しかける。

通信用の魔導具とは便利なもので、離れたところの相手とも話す事ができるのだ。

だから、知りたくもない事実も聞いてしまう事もある。

『待ちなさい！』

「あ、レイア――」

『このままだと坑道が崩れるじゃないですかー！』

「……え？」

『！　マスター、どうかしましたか？』

「いや、今坑道が崩れるとか……」

『まさか、私がそんな事言うはずないじゃないですか？』

「レイア……？」

『イウハズナイジャナイデス、カ？』

「怖い感じで誤魔化そうとしてるよね!?」

僕の突っ込みに、レイアはこほんと小さく咳払いをする。

レイアにしては珍しくかなり動揺しているのが伝わってきた。

そして、唐突に語り始めた。

『マスター、ギガロスとヤーサンは頑張っているんです』

「うん、それは分かるよ」

『二人とも、マスターのために尽力しているわけです』

「……ありがたい話だね」

『少しやんちゃなところもあるけど可愛げもある――そうは思いませんか？』

「ここで論点ずらしてきたね!?　二人に優しくするように伝えたの!?」

『嫌よ嫌よも好きのうちと申しますので……』

「この坑道を破壊するのはガチでダメなやつだから！」

『はい、分かっています。心配せずともすぐに止め――あっ』

「な、なに？」

『申し訳ありません、マスター。ギガロスがどこかに落ちました』

「どこかってどこ!?」

その直後、ズズズ——という大きな音が僕の近くから聞こえる。

ギガロスは地下の方に行ってしまったのだろう。

明らかにオーバースペックで暴れた結果だ。

やはり、地鳴りの原因はギガロスにあったらしい。

『ギガロスから止めるつもりだったのですが……』

「い、いいよ。ギガロスの方は僕が行くから」

『分かりまし——あっ』

「今度はなに!?」

『ヤーサンも滑り落ちました』

「ええ……？」

ギガロスとは別の方向から、ズズズズズという大きな音が聞こえてくる。

一体あの小さな身体からどうやってこの大きな音を出しているのだろうか。

ただ、地鳴りの原因はギガロスだけでなく——ヤーサンにもあるという事も何となく分かった。

「と、とりあえず両方追いかけるよ！」

『あっ』

「まだ何か!?」

『いえ、マスターが興奮した様子だったので少し色っぽい声を出したら別の方向に興奮してくれるかと思いまして……』

「色んな意味で興奮してるけどね!?」

『マスターにしては積極的な発言……!』

「後でいくらでも付き合ってあげるから今はヤーサンとギガロスを何とかしよう!?」

『はい、承知しました』

「切り替えはや!」

レイアがヤーサンの後を追って地下へと移動する事になった。

僕もギガロスを追いかけて地下へと下りるつもりだったが、ズズズズッと下から盛り上がるような音が響き渡る。

地下でまたギガロスとヤーサンが何か始めたのかと思ったが――

「何か来るぞ!」

前方の冒険者が叫ぶ。

ドンッと地面を割るようにして現れたのは――巨大なクモの魔物だった。

漆黒の毛色に、大きな八本の足。

「キシャアアアアアアッ！」

「ク、《クイーン》だッ！」

冒険者の一人がその姿を見て叫ぶ。

そこにいる冒険者達はみな、クモの魔物を見て驚嘆している。

だが、僕だけは別の物を見て驚きの声を上げてしまった。

「えええ!?　ギガロスの剣とヤーサンが突き刺さってる……!?」

黄土色の剣と――丸みを帯びた小さなヤーサンがクイーンと呼ばれたクモの魔物の背中に突き刺さっていたのだ。

パタパタと《クイーン》の背中で羽ばたくヤーサンを見て、僕の身体は自然に動いていた。

風の魔法を身に纏った身体は誰よりも速く動ける。

僕はクイーンの背中まで一気に跳躍すると、背中に突き刺さった状態のヤーサンを抜き取った。

「だ、大丈夫？　ヤーサン」

「かぁー」

鳴き声から察するに大丈夫そうだ。

少し離れたところにギガロスの剣があるけれど、ギガロス本人はいない。

一先ず僕はその場から再び跳躍し、ヤーサンを抱えてみんなと合流した。

慌てた様子でフィナが声を掛けてくる。

「急に飛び出すからびっくりしたわよ！」

「ご、ごめん。ヤーサンが背中にいたから……」

「カラス？　なんだから飛べる……わよね？」

「一応……」

「かぁー！」

丸々とした身体のヤーサンを見ればそんな疑問が出るのも仕方ない。

飛べるけれど、ヤーサンの飛行能力はすごく低い。

初めて見たときもものすごくゆっくりした飛行だった。

分かっているからこそヤーサンを回収したわけだけれど。

「さて……問題はあいつかな」

「そうね、正直あんなのがいるとは思わなかったけど」

僕の言葉にフィナが答える。

フィナは落ち着いた様子ではあるけれど、その表情からは少し焦りが見えた。

先ほど話していたこと――強力な魔物がこの坑道内にも存在したということなのだから。

僕は改めて魔物の方を見る。

その大きな巨体のクモの魔物は《クイーン》と呼ばれた。

クモの魔物の女王――つまり、あれがこの坑道の魔物達の親玉という事になる。

多くはクモの魔物であったのはそのためだったようだ。

(ギガロスは見当たらないし……レイアが追いかけてるのかな)

剣だけがクイーンの背中に残された状態だった。

クイーンが怒り狂った様子で叫ぶ。

「シャアアアアッ！」

「来るぞッ！」

声に合わせて、冒険者達が散開する。

だが、クイーンは明らかに広い範囲を攻撃する姿勢に入った。

魔法を使える者が防御の魔法を展開するが、とても防げるレベルとは言えない。

「――《石壁の門》！」

ドドドドッと大きな音を周囲に響かせながら、岩の門が出現する。

クイーンの振りかざした足を止め、尾の部分から噴射される糸から冒険者達を守る。

「お、おお？」

「すげえ、これだけの魔法を一度に……」

「今よ！　攻撃を仕掛けるわ！」

どよめく冒険者達の中、僕の魔法を見てもフィナは落ち着いた様子でそう叫んだ。

やはり、一度見ている魔法というのは大きいようだ。

サイズからして近接武器が有効とは言い難いが、ダメージを与えられないわけではない。

背中に刺さったギガロスの剣がそれを物語っている。

フィナが動くとそれを追うように他の冒険者達も合わせる。

即席の集まりにしてはよく連携が取れている――これが冒険者というものなのかもしれない。

（改めて見るとフィナの動きは他の冒険者よりもいい――でも、Ａランクの冒険者っていうのはあれくらいの強さなんだ）

僕はフィナを見て、ある程度強さの基準を見極めようとしていた。

そして、皆がクイーンへと向かっている隙に、僕はレイアに連絡を取る。

「レイア、そっちはどんな感じかな？」

『はい、無事ギガロスと合流しました。全力で駆けあがろうとしているところでしたが』

「そ、そっか。地下の方にいるってことだね」

『その通りです、マスター。ギガロスは剣を落としてしまったらしいのですが……』

「……うん、目の前にあるよ」

『あ、それならギガロスを向かわせますか？』

「いや、僕達だけで十分だよ。ヤーサンはこっちで回収したから」

『マスター、それはつまり――マスターが動かれると？』

「うん。少なくとも、僕は今逃げるような事はしないよ」

《失われし大魔法》なんて呼ばれている魔法を乱用したら、悪目立ちするかもしれない。

けれど、僕の望む平穏を手に入れるために――僕は力を使う事に決めた。

だからこそ、今は迷わない。

『承知しました。マスター、ギガロスから伝言です』

「ん？」

『てへっ』

「絶対言わないよね!?」

レイアはこのままギガロスと共に外に引き返してもらう事にした。

正直、クイーンを倒すのにギガロスがいれば楽な事は事実だ。

……楽というか、色々な物を巻き込んできっとこの場に立つのはギガロスだけになってしまう。

剣は後で回収するとして――

「ヤーサンは僕から離れないように」

「かぁー」

ヤーサンの言っている事は分からないけれど、ヤーサンは僕の言っている事が分かるようだ。

パタパタと羽を動かすと、ヤーサンは僕の頭の上に乗った。

あ、柔らかい――

「うおっ、やべえ！」

「く、大きい癖に速い！」

冒険者達が暴れたクイーンから離れる。

フィナもまた一度距離を置いていた。

ヤーサンの柔らかさを堪能している場合ではなかった。

僕の魔法で動きが制限されているとはいえ、クイーンはまだ攻撃を続けていた。

フィナを筆頭に、剣や斧を持つ冒険者達はクイーンの本体を再び狙う。

後方で支援をする魔導師達はクイーンの動きを阻害するため魔法を放つ。

「《アイシクル・ゾーン》！」

魔導師達の言葉と共に、クイーンの足元が氷漬けになっていく。

だが、大きな身体のクイーンが少し身体を動かすだけでその氷は砕けてしまう。

「止めるには足りないわね……！」

「みんな、一度下がって。闇の鎖よ、縛りつけろ――《呪縛鉄鎖》」

僕の詠唱と共に、クイーンの周囲に魔法陣が出現する。

そこから伸びるのは黒い鎖。

巨体を縛り付けるようにすると、その動きを完全に静止させた。

「あ、あのクイーンの動きを止めるなんて……さすがね」

僕の近くに降り立ったフィナがそう驚きの表情を浮かべる。

「《失われし大魔法》は発動が遅い分、威力が高いからさ」

そんな言い回しをするのは少し恥ずかしいけれど、納得してもらうにはそれが一番早かった。

今の魔導師達は詠唱を必要としていない。

魔法の名をトリガーとして、魔法陣のみで魔法を発動している。

それは早い話、常に詠唱破棄を行っている状態だ。

もちろん発動は早くなるけれど、魔法の威力は落ちてしまう。

そこに魔法陣も改良を加えているから、威力の低下につながっているのだ。

この五百年でどういう過程を辿ったか分からないけれど――

「魔法にも色々とあるけれど、威力さえあれば相手を倒すのはどんな魔法だっていいんだ」

僕はクイーンに手をかざす。

この坑道の統率者はクイーンだ。

こいつさえいなくなれば、残るのは小さな魔物達だけだ。

「絶対の氷よ、世界を落とせ。全てのモノを凍りつくせ――《氷界領域》」

クイーンの足元に巨大な魔法陣が出現する。

それは一瞬の出来事だった。

パキィンという、乾いた音が周囲に響く。

先ほど魔導師達が見せた氷の魔法は徐々に凍らせていたが、この魔法は一気に相手を凍らせる。

「な、なんだこりゃあ……」

「す、すごい……」

先ほどは驚いていなかったフィナも、氷漬けになったクイーンを見て驚いた表情をしている。

かつて《七星魔導》の一人――《七星の灰土》と呼ばれていた僕だけれど、基本的にはどんな魔法だって使える。

この坑道全てを凍らせる事だってできるけれど、今は目の前にいるこの坑道の支配者を倒せれば十分だった。

「――」

ぐらりとその巨体が傾く。

大きな身体が壁にぶつかると、ガラガラと音を立てて崩れ去っていった。

驚きの表情で皆が僕を見る。

昔からそうだ――僕ら七星魔導は畏怖の対象。

憧れよりもその絶対的強さに皆が恐怖する。

けれど、今の僕はそんな肩書きを持たない。

ただの冒険者として、ここにいるんだ。

「これで坑道にいる魔物達は逃げ出し始めると思う。今度はこっちが追いかける番だ」

「フェン、お前……」

一人の冒険者が僕の方に近寄ってくる。

何を言われるかと一瞬考えたが――

「こんだけの事やっといて澄ましてんなぁ！　もっと喜べよ！」

「あ、ご、ごめん」

「謝るところでもねえな！　でも、本当にすげえよ」

「だから言ったでしょう。フェンは《灰狼》を倒した魔導師なんだから！」

おお、と冒険者達から歓声が上がる。

こうして喜びを分かち合う気分というのは、久しぶりだった。

まだ僕が普通の――七星魔導と呼ばれる前振りかもしれない。

おそらくここにはもう強い魔物はいない。

僕達の坑道の魔物退治は、徐々に終息へと向かっていった。

「レイア、聞こえる？　これが終わったら――あれ、レイア？」

魔導具を使ってレイアへと連絡を取る。

だが、また返事がない。

ギガロスが一緒にいるから大丈夫だろうとは思うけれど、少し気がかりだった。

その気持ちに、僕は少し驚く。

（……そういえば、僕は普通にレイアの事も心配しているんだね）

そんな事実にも、たった今気付く事になるなんて思いもしなかった。

＊＊＊

「はっ、はあ……」

ブレインが森の中で周囲をうかがっていた。

魔導人形に命じた《霧》によって何とかフエンから逃れる事に成功したのだ。

「何て奴だ……私の魔導人形を一瞬で倒し尽くすとは。一体何者なんだ……」

あれほどの魔導師が、世界的に有名でないはずがない。

少なくとも、ブレインの知る範囲にあの魔導師が該当する事はなかった。

だが、あの場所――離れたところに、その名を冠してもおかしくはない要塞があり、そこには数百年以上前から最強の魔導師と名高い者がいる。

「フェンと名乗っていたが……名が似すぎている――《魔導王》フエン・アステーナ。まさか、あんな小娘……いや、小僧か？　どちらにせよ、あんな子供が魔導王だとは思えない。思えないと思っているはずなのに、何故だ。納得してしまう」

その方がむしろ、ブレインにとっては合点がいった。

どちらにせよ、ブレインは一度自身の工房に戻り態勢を立て直す必要があった。

「あの子供が何だろうと関係ない。レイアと言ったか。あれはどうしてもほしい。ああ、この手にあれを手に入れて愛でてやりたい……！」

相手が強かろうと関係ない――ブレインの思いはそこにあった。

どうしてもあの魔導人形がほしい。

だからこそ、レイアを奪い取るための準備をしなければ、と。

「……ん？」

そこで、ブレインは一つの違和感に気付いた。

否、気付かされた。

脇腹の部分に違和感を覚え、そこを見ると一枚の紙が地面へと落下する。

「なんだ、メモ――な、に？」

ブレインは紙など持っていない。

明らかに、誰かがブレインに送った《手紙》という事になる。

ブレインはその内容を見て、目を見開いた。

「……『呪いはすでに発動した。あなたはもう魔法を使えない』……だと？」

ブレインが目にした紙にはそう書かれていた。

そんな事を送る人物は一人しかいない。

先ほど、ほとんど話してすらいない相手――魔導人形の持ち主であるフェンだ。

「魔法が使えない、だと……？　そんな馬鹿な――」

ブレインはすぐに魔法を使おうとする。

簡単な下位魔法――だが、魔法陣を描こうと魔力を練り上げた瞬間だった。

「がっ、ぐあ……!?」

胸に走る強烈な痛み。

ブレインが胸元を見ると、そこには見た事もない魔法陣が刻まれていた。

「い、いつの間にこんな事を……!?　い、いや、それよりも魔法が使えない、などと……！」

それがどういう事を意味するか――ブレインが一番よく理解している。

魔導師として生きてきた者にとって、魔法を封じられるという事がどれほどの事か。

さらにこの呪いには――フェンでありフエンでもある魔導師の情報からその魔導人形であるレイアの事を他人に話す事も封じていた。

「そん、な……」

ガクリとブレインは膝をつく。

その様子を――遠くから見つめる少女がいた。

「分かりますか？　ギガロス、ポチ」

「――」

「……」

少女――レイアの背後には土色の騎士と、圧倒的に巨大な身体を持つ白色の狼がいた。

狼は静かにレイアにつき従うように動かない。

「念のため、ポチの力を借りて追いかけてきましたが……杞憂でしたね。私が心配するまでもなく……マスターはすでに終わらせていたという事です」

「――」

「はい、その通りですよ、ギガロス。マスターはそういう人なんです」

ギガロスの言葉に、レイアは頷いた。

レイアはフエンの思いを聞いた。

フエンは以前から皆の平穏を望み、それが叶わないと知って逃げた――本人はそう言っていた。

圧倒的な強さを持ちながらも、管理者達がフェンリルやドラゴンだと知ったら怯えた様子を見せる。

そんな感性を持つ人でありながら、魔導師相手に魔法を封じるという事を平気でやってのけるのだ。

「ある意味殺すよりも残酷な事かもしれませんね。あのクラスの魔導師が魔法を封じられるという事は、死と同義ですから。けれど、マスターはそういう事ができる人なんです」

「――」

「ええ、ギガロス。マスターは平穏を望まれました。けれど、本来あるべきマスターの姿は――きっと《魔導王》としての姿だと私は思うんです。いえ、そうあるべきだと私は確信しています」

レイアは優しげな表情で続ける。

「だから、マスターが望む平穏を叶えましょう。いつか魔導王をマスター自身が名乗る時のために……たとえ、今のマスターが望まなくても構いません。なぜならこれは——私の望みなのですから」

フエンが誰よりも安全に生きるためには、最強の存在であるという証が必要なのだ。

そのための布石を、レイアはばら撒いてきた。

それさえあれば、フエンが危険な目に遭う事はなくなる。

《七星魔導》では半端なのだ。

同じクラスが七人もいるのでは、まだフエンは狙われる。

誰よりも強く、圧倒的な存在であり、そして最強の管理者達を従える必要がある。

レイアは四百五十年以上前から——ただそう考えてきたのだから。

＊＊＊

レイアは一人、《魔導要塞アステーナ》へと帰還した。

フェンリルのポチを足に使えば数分もかからずに町まで移動できる。

フェンが坑道での魔物の討伐を終えたのを見届けてから、レイアは戻ってきたのだ。

圧倒的な速さと同時に圧倒的強さを持つフェンリルはレイアによく懐いていた。

「ありがとうございます、ポチ」

「……」

「あなたと出会ってもう三百年程度、ですか。時の流れというのは早いものですね」

レイアの言葉に、こくりとポチは頷く。

優しくポチの鼻を撫でてやると、

「次はあなたをマスターに紹介しましょう。大丈夫、マスターはあなたの事を気に入ってくれますよ」

そう言って、レイアはポチと別れた。

《魔導要塞》の中にいる管理者の中でも、ポチは特にレイアに懐いている。

特に協力的とも言える存在だ。

十七体もいれば――そうでない存在も少なからずいるのだから。

「さて……身体の修復に戻りますか」

レイアは工房の方へと向かう。

自らの力で折ってしまった腕――それを修復するためだ。

あちこち身体も傷ついた状態にある。

久しぶりの戦闘で、レイアは追い詰められるような事になってしまった。

結果として、フエンの手を煩わせる形となった。

（マスターは、それでも気にしないのでしょうが……）

フエンは平穏を望むと言いながら、それでも誰かのために動く事をやめない。

見た目や性格からはおよそ《七星魔導》と呼ばれる魔導師とは思えないだろう。

まだ自身が作られる前のフエンの事は、レイアも知らない。

ただ、作られた時もフエンは何かと人の事を気遣うタイプの人間だった。

それは、レイアに対しても同じだった。

そんなフエンの事をレイアは、ただ純粋に作り出した主に従うつもりで行動していた。

「……」

ピタリと、レイアは自身の部屋の前で止まる。

そこはフエンの部屋から離れたところにあるレイアの自室。

本来ならば作る必要のない空間だった。

ガチャリとドアを開くと、そこには広い空間といくつもの本棚――そして一つの机と椅子が壁際にあった。

いつも、レイアはここで日記をつけている。

レイアはふと、本棚から一冊の日記を取り出した。

「懐かしいですね」

そこに書かれているのは、毎日同じような内容。

『異常なし』

『異常なし』

『侵入者二名、撃破。異常なし』

『異常なし』

時折交ざるのは、フエンを狙った暗殺者を倒したという記録。

この日記もレイアがあくまで情報として残すためだけに書いたものだった。

そのはずだったが、ある日からその内容に変化が生じる。

『侵入者十五名……撃破。マスターの身に異常はなし』

『異常はなし。マスターにも特に異常はなし』

『異常はなし。マスターの様子にも変化はなし』

少しずつ、日記の内容に変化が起こった。

起点となったのは暗殺教団《グロネア》と呼ばれる組織にフエンの暗殺依頼が行われた時の事だ。

大陸においても五本指に入る実力者が一人——さらに近しい実力者が何人も集められた状態で、フエンの自宅への襲撃があった。

この頃のレイアの戦闘力だとおよそギリギリの戦いだった。

初回版限定
封入
購入者特典

特別書き下ろし。

管理者との遊び

※『平穏を望む魔導師の平穏じゃない日常 ~うちのメイドに振り回されて困ってるんですけど~』をお読みになったあとにご覧ください。

「遊ぶ……？」

「はい、管理者達の息抜きにと」

外の森までやってきて告げられたのは、レイアからのそんな提案だった。

僕の頭の上には《ヤタカラス》のヤーサン。

「かぁー」

「――」

「オオオオオォォ……」

その隣には《ゴーレム》のギガロスと《デュラハン》のアルフレッドさん。

「ハッ、ハッ、わんっ！」

そして、元気よく犬のように鳴くのは《フェンリル》のポチ。

ギガロスはともかく、それ以外の面子はかなりやばかった。

具体的に言ってしまえば、一つの国を軽く滅ぼせるメンバーが入っているあたりがやばい。

まあ、それを言ったらギガロスも結局そうなのだけれど。

これに並ぶメンバーがあと十数体もいると思うとそれだけで胃に負担がかかる。

「遊ぶって言われても……何をすればいいのか」

「マスターはそんな暗い幼少期を送ってきたのですか？　遊びが分からないとは……」

「そういう意味じゃなくて」

「では、私が遊びというものを教えて差し上げましょうか……？」

ちらりと何故かスカートの裾を上げるレイア。

「そういう意味じゃなくて！」

「ふふっ、どういう意味を想像されたのですか？」

「うっ、それはとにかく――このメンバーと遊ぶって言われても何をすればいいか……」

ギガロスとアルフレッドさんは剣を持っているけれど、二人が斬り合ったらどうなるか分からないし、そもそもそれを遊びと言っていいものかも分からない。

ヤーサンに至っては丸々太ったカラスだし、ポチとのサイズ感に違いがありすぎる。

ヤーサンは一応、サイズを変えられるみたいだけど。

そもそも種族もまるで違うメンバー――動物系も混じっている以上、統一感のある遊びなどあるとは思えなかった。

「人間も動物も等しく遊べる道具があります」

「え、何?」

僕がそう問い返すと、レイアは僕の頭に乗ったヤーサンをひょいっと手に取り、

「ボール遊びです!」

「それヤーサンだから!」

「かぁー」

「『俺に任せろ』とヤーサンは言っています」

「男前だけど……いや、ヤーサンは確かに頑丈なのかもしれないけどさ」

以前、《黒印魔導会》という集団に所属しているザイシャという斧使いの攻撃をまともに食らって顔がへこむ程度だったから、頑丈なのは分かっている。

けれど、ここにいるのはそんな人達とも一線を画す存在。

ギガロスの一振りは大地を両断する。

アルフレッドさんも、見たことはないけれど少なくとも《黒印魔導会》の魔導師を軽々と撃破するだけの実力はあることは分かっている。

ポチにおいては見た目からしてもうやばい——僕としてはヤーサンが心配だった。

「はい、ではスタート」

「容赦ないね!?」

僕の心配をよそに、ポイッとレイアがヤーサンを投げる。

ふわりと宙を浮かぶヤーサン。

「わんっ!」

バチンッ——強烈な音と共に、ポチによって叩かれた。

「ヤ、ヤーサン!?」

そのままボインボインと木々にぶつかりながら跳ねまわるヤーサンに対し、ギガロスが地面を蹴る。

それだけで大地が割れ、ギガロスが飛んできたヤーサンを剣ではじき返した。

周囲の木々がその衝撃でなぎ倒される。

「ちょ、ちょっと本気すぎるって……!」

ヤーサンの勢いは止まるところを知らない。

ボールだったら間違いなく壊れている勢いだが、「かぁー」という鳴き声が聞こえる辺りヤーサンが無事なのは分かる。

「マスターもヤーサンを叩きましょう!」

「叩けないよ――へぶっ」

勢いよくヤーサンが僕の顔面にヒットして跳ね返る。

ヤーサンの柔らかさにカバーされて痛くはなかったけれど、嘴や足だった場合出血していたかもしれない勢いだ。

「ヤーサンはそのあたり配慮して全てしまっている安全設計なので」

「しまえるの!?」

中々に衝撃的な事実を告げられつつも、ヤーサンの勢いは落ちることを知らない。

「わんっ」

「――」

その速さに追いつけるのはポチとギガロス。

ギガロス自身はそこまで速くないが、動きを予測して動いているのだろう。

しっかりとヤーサンでラリーを続けている。

唯一追いつけていないのはアルフレッドさん。

どこを見ているのか分からないけれど、その場で剣を抜いたまま立ち尽くしている。

（……こ、これはこれで怖い）

もしかしたら参加したがっているかも、と思うと進めた方がいいものかと悩んでしまう。

ギガロス以外の言葉はレイアを通じないと分からない。

レイアの方をちらりと見ると、こくりと頷いて、

「では、アルフレッドさん！」

「いきなりすぎるよ!?」

間髪いれずにヤーサンをバシンッと叩き、アルフレッドさんの方面へと飛ばした。

アルフレッドさんはそれを見て、声とも思えない声を上げる。

「オオオオオ――」

シュポン！　という気味の良い音でアルフレッドさんの声は遮られた。

首から上のないアルフレッドさんの頭にピッタリフィットしたヤーサンがいた。

「はい、私が一点で先制です」

「そういう遊びなの!?」

管理者達の遊びは僕の想像を遥かに超えていたのだった。

本来ならば、襲撃のあった時点でレイアはフエンを起こすべきだった。

だが、レイアは自身の力を過信した。

あの程度ならば撃退できる――マスターの手を煩わせるような事ではない。

結果としてレイアはフエンを守り切る事に成功したが、その時にレイアの中で疑問が生じる。

――どうして、私はマスターを起こさなかったのだろう。

レイアはフエンに命じられていた。

「何かあったら起こしてくれ」と。

けれど、レイアは自身の判断でフエンの手を煩わせるまでもないと考え、それを実行した。

フエンが封印されている部屋の近くまで暗殺者が迫った時味わった言い知れぬ感覚をレイアはまだ覚えている。

緊張、恐怖、安堵――そういう感覚なのだと理解するのにも時間がかかった。

レイアはまた、ピラリとページをめくっていく。

『私は、マスターが無事で安心したのだと理解しました』

あるページに、日付もなくそうメモするように書いてあるところがある。

――私はマスターの事が好き。

そうレイアが認識するのに十数年の時を要した。

元々そういう感情のようなものがなかったレイアにとっては、誰かを好きになるという気持ち自体存在しなかったものだ。

けれど、レイアがフエンをギリギリのところで守りきった時に感じた感覚はそうなのだと――自身の中で結論づけた。

それは長い時を経て、管理者を増やす過程での出会いによって培われたものだ。

そこからは、レイアはひたすらにフエンが目覚めるのを待った。

けれど、レイアから起こすような事はしない。

ずっとずっとずっと――フエンが目覚めるまで守り続ける。

それがフエンからの命令なのだと、ただフエンへの想いを募らせてレイアは過ごしてきた。

フエンを守るために、この世界で最強の要塞を作り出す。

そしてフエンを襲うなどという考えを持つ人間がもう出る事がないように、フエンを最強の魔導師としてその名を世界に轟かせる――それがレイアの望む事だった。

「マスターがどんな人でも……私は愛しますよ。だって、五百年待っていたんですから」

レイアは大事そうに日記を抱きしめる。

そこへ――

「レイア！」

「っ!?　マ、マスター……!?　どうしてここに!?」

「どうしてって……レイアの姿が見えないからこっちに来たんだけど。この部屋は？」

「あ――こ、ここは私の拷問部屋なので入ってはいけません」

「なにその物騒な部屋!?　普通に本が並んでいるようにしか見えないけれど」

「とにかくダメなのです。一度外へ！」

レイアはフエンの背を押して部屋の外へと連れ出す。

まさか、フエンが戻ってくるとは思っていなかった。

部屋の日記を見られる事が、レイアにとっての拷問のようなものだという意味なのだが。

「坑道の魔物の討伐は終えられたのですよね？」

「うん。だからこっちに――」

「こちらではなく、マスターは冒険者の方々とお酒を嗜まれるのでは？」

「ああ、確かにそう言ったけど……レイアを治すのが先だよ」

「え？」

「ごめん、本当はすぐに治すべきだったんだけど、僕の我儘に付き合わせたよね」

「いえ……ですが、私なんかのために……」

「？　何だかレイアらしくないね」

「！　それはどういう事ですか？」

「いや、ここ最近のレイアはこういう事言うと喜ぶのかなって思っていたけど」

「――そういう事でしたら、マスターが飲み会よりも私の裸を見たいという事でしたら、私はマスターのために一肌脱ぎます！」

「その表現はやめて!?」

「そんなこと言って……。ふふっ、本当は私の裸が見たくて戻ってきたんですよね？　マスターが望む事なら、私は何でもしますけど……」

「裸が見たいわけじゃないよ！　傷ついた場所を見たいんだ！」

「そういうプレイですか？」

「全然違う！」

レイアは慌てる様子のフエンを見て、くすりと笑った。

この人はレイアの事でも気にかけて、こうして戻ってきてくれる。

坑道からこの要塞まで――フェンリルのポチで数分だというのに。

フエンはそれと同じくらいの速度で戻ってきたという事だ。

「レイアさ……あの時何をしようとしてたの？」

「あの時？」

「ほら、ブレインに捕まってる時」

「ナニをしようだなんて……されそうになっていただけですよ」

「真面目は話だけど!?　……あれ、自爆とかじゃないよね」

「まさか。私がマスターを残していなくなっては、誰がマスターのお世話をするのですか。マスターがご飯も食べられず、右も左も分からない世界で野たれ死ぬ事を私が望むとでも？」

「僕はそこまでダメな人間じゃないと思いたい！」

「ふふっ、冗談ですよ。ただ普通に強くなって相手を倒せる必殺技です」

「本当に？」

「はい、スーパーレイアですよ」

レイアはそう言って誤魔化した。

実際にレイアが行おうとした事は、自身の身体を壊すような技ではない。

ただ、レイアの記憶を保持している《核》へ少なからず影響の出るものだった。

だからこそ、レイアはあの時の事を思い出したのかもしれない。

フエンがレイアに名付けてくれた時の事を。

それは、今となっては大切な記憶の一つだから。

工房へと向かう途中、レイアはフエンの顔を覗き込むように言った。

「マスター」

「ん？」

「おかえりなさい」

「うん、ただいま」

「ご飯でもなくお風呂でもなく――わ、た、しを選んだわけですね」

「だからそれどこで覚えたの!?」

それだけの力を持っていて、それでいてどこか普通の人と変わらないようで——だからこそ、レイアはフエンと一緒にいたいと思うのだった。

第四章　黒印魔導会

《魔導要塞アステーナ》がある場所から遥か南方――《カミラル》の町より南の方に、《ウィルオール》の村はあった。

そこはあまり多くの人はいない事で知られ、村人も独特の雰囲気があった。

そんな村の住人達が一度に動きを止める。

異様な光景が広まる中で、一人の女性が叫んだ。

ローブを羽織っているが、胸元がはだけており、もはやそれを羽織る意味をなしていない。

右目の泣きぼくろが特徴的だった。

背中には大きな斧が括り付けられている。

「おーいおいおい！　人形ちゃんが動きを止めちゃったけど、どういう事なのさ」

「うむ、これはとてもとても面白い――まずい事になったの」

隣にいる老人が呟く。

すっかり曲がった腰で、杖をついてぷるぷると震えながら周囲を見回した。

老人にしては装飾品が多く――それらの多くは動物の骨のようなものだった。

「まずい事って何さ」

「分からんか。こいつはつまりブレインに何かあったという事だの」

「何かって何さ」

しつこいくらいに聞いてくる女性に対しても、老人は変わらぬ態度で答える。

「分からん。死んだ――あるいはそれに近しい事だの」

「ブレインが死んだぁ？　あは、何それ面白い」

「そうだの――笑い事ではない」

「さっきあんたも面白いって言ったでしょうが。今も肯定してるでしょうが」

「ほほほほほっ、うっかりの。《人形遊び》にばかりかまけて油断したか、雑魚が――強い奴だったというのに」

「あはっ、だとしたらもっと面白い。それってつまり、ブレインが誰かにやられたって事でしょ？」

「うむ、そうなるの。いやはや恐ろしい――興味深い」

女性は周囲で停止したままの人形を乱暴に摑むと、ブンッとそれを投げ飛ばした。

乱暴に投げられたそれは、村の中心部から外まで投げ出されていく。

「あいつどこ行くって言ってたっけ」

「以前に買い取った《カミラル》の近くにある坑道に素材を取りにいくと」

「カミラル？　どこそれ」

「《魔導要塞アステーナ》のあるところだの」

「あはっ、もしかして《魔導王》にやられたとか？　だとしたら面白い」

「いるかどうかも分からぬ者だの。《魔導王》の姿を見た者はおらんの」

「そうだったら面白いでしょ。とにかく、ブレインを殺った奴がいるなら私が殺りたい。私がいつか殺る予定だったのに」

「ブレインの事嫌いだったかの」

「うん、嫌い。何だか偉そうなんだもの。まあ、この村ももう使えないし、さっさと壊してカミラル行こっか」

女性はそう言うと——ブゥンと背中にある斧を振るう。

地面にそれを突き刺すだけで、近くにあった家や停止した魔導人形が次々と砕けていく。

「おお、おお、危ない。わしの杖が壊れたらどうする。アバズレ——お嬢さん」

「あはっ、そうなったら面白いのにさ」

そう軽く話す二人は、それぞれ《黒竜》を象ったエンブレムを身に着けていた。

＊＊＊

「《黒印魔導会》？」

「はい、あーん」

「それは返事なの!?」

「はい、あーん」

「い、いや、僕が今聞きたいのはその魔導会の話で……」

「はい、あーん」

僕の問いかけに返ってきたのは、いつものように作った朝食を僕の口元へと運ぶレイアの声だった。

今日は《魔鳥の卵》を使ったスクランブルエッグと、森で採れる山菜の盛り合わせ。

レイアの修復は、一先ず腕の部分はほぼ完了した。

――とはいえ、まだあまり無理をするのはよくないと言っているのだけれど、レイアはほとんどいつもと変わらない動きを見せてくる。

結局、口元に運ばれた食事を食べてしまうのだけれど。

「おいしいですか？」

「うん、おいしいけど……」

「ふふっ、それは良かったです」

「それで……その黒印魔導会っていうのは？」

「ああ、その話ですか。マスターもご存知の方が創設者ですよ」

「僕が？」

「はい。《黒の闇響》と呼ばれた《七星魔導》の一人――コクウ・フォークアイトです」

「ああ、コクウか」

僕はその名を聞いて、何となくその組織との名前の共通点に納得してしまった。

コクウ・フォークアイト――今から五百年前に僕と同じ七星魔導の一人だった魔導師だ。

《闇》の属性魔法を得意としており、あまり表には顔を出さないタイプ。

年齢だけで言えば僕と同じくらいで若く、会った時に何度か話した事があるくらいだ。

「けど、黒印魔導会ってどういう目的で動いている組織なの？」

「確か……エンブレム――象徴である《黒竜》を復活させる事が目的だとか」

「黒竜……？　僕のいた時代にもういなかったと思うけど……コクウはそういう夢があったんだね」

色の名を冠するドラゴンは《六王竜》と呼ばれ、この世界における支配者級と呼ばれた者達だ。

地上最強の生物として名高いドラゴンだけれど、その中でも異質な強さを誇っていたという。

ただ、それも数万年も前の話――当然、僕の時代にいるドラゴンの中には存在していなかった。

（ドラゴンと言えば、ここの管理者にもいるんだっけ……）

ふと思い出す。

まだ管理者全てについて聞いたわけではない。

けれど、現在確認しているメンバーだけ聞く限り、残りのメンバーも僕の想像を超えそうな伝説級の魔物ばかりな気がする。

——正直、全員に暴れられたら僕の手には負えないかもしれない。

だからこそ……本当の事を言うと結構ビビっているわけだけれど、それを表に出すとレイアが余計にからかおうとしてくるのは目に見えている。

そもそもドラゴンとかフェンリルが自宅にいるって言われてビビらない方がおかしいんだ——そう言い聞かせて納得する。

それを言うと、そもそも自宅がおかしい状態なのだけれど。

（でも……レイアも言っていた通り守ってくれているのは事実、だし……）

当然、その点も加味するべきところだ。

レイアの言っていた通りなら——あれ？

「レイア、最初に仲間になった管理者って誰なの？」

「ヤーサンですよ」

「次は？」

「ポチですね」

「えっと……《ヤタカラス》とフェンリルが僕を守ってくれていたんだよね？」

「そうですね。あの二体は特に従順なタイプなので」

「二体いれば十分な気もするけど……ヤーサンとかそのポチが元々第一地区の管理者だったとか？」

「そうですよ。アルフレッドさんはここ数百年以内に加えた者ですが、しっかりと働いてくれるタイプなので――まさか、マスター。他の管理者はこの《魔導要塞アステーナ》にいるだけで実際にマスターを守っているわけではないとお思いですか？」

「！　そ、そんな事は考えていないけど……」

レイアは僕の質問からある程度読んできたみたいだ。

さすがにそこまでは思っていないけれど、十七体いる管理者のうち――知られているのはデュラハンのアルフレッドさんだけのようだった。

つまり、少なくとも僕の家に挑んでくる冒険者達が知っている存在はアルフレッドさんしかいないのだ。

第二地区の管理者であるギガロスだって誰にも知られていない。

それにもう一つ、気になる言い方があった。

「気になってる事があってさ。その従順なタイプとかってレイアが言うけど、そうじゃない管理者もいるって事？」

「！　わ、私はそんな事言いましたか？」

「そんな露骨に動揺する!?」

レイアは目を泳がせたあと、視線を斜め下にずらした。

どうやら管理者と言っても全員がレイアに懐いているとかそういうわけではないらしい。

そもそも――どういうタイプの魔物なのか知らない僕も悪いのだけど。

「マスター、管理者の事が気になるのであれば……やはりここは一体ずつ紹介させていただくという形を取らせていただかなければなりませんが」

「そうなるよね……うん、でも僕も会わないといけないと思っていたから」

「では、今日はポチを紹介しましょう！」

「え、ポチってフェンリルの？」

「そうですよ」

「えっと、アルフレッドさんは――」

「ダメです。アルフレッドさんはまだ危険日なので」

「その表現はなんなの!?」

「とにかく！　アルフレッドさんはダメです！」

一体アルフレッドさんに何が起こっているのか――逆に気になるところではあるけれど、レイアがそう言うのならここは従った方がいいのかもしれない。

フェンリルと言えば、もう一体――ドラゴンという存在もいるはずだった。

丁度《黒竜》の話も出たところだし、少し気になるところではある。

「えっと、ポチでもいいけどドラゴンの方は――」

「ドラゴンもダメですね」

「え、ダメなの!?」

「はい、ダメです」

レイアから返ってきたのは――そんな予想外の返答だった。

以前、町に向かうのに使えるのは「フェンリルかドラ――」と言っていたので、てっきり問題ないものだと思っていた。

「えっと、ドラゴンがダメな理由は？」

「あれはアルフレッドさんとギガロスとヤーサンとポチあたりを護衛に連れていかなければならないので」

「戦争でもするの!?　ギガロスだけでも国家戦力だけど……」

「ふふっ、マスターは知りたがりですね。そんなに知りたいなら今から二人で向かいますか？

《第十地区》に」

「い、いや……そんなに戦力が必要だって言うなら無理に行こうとは僕も言わないけど……どうしてそれを足に使えるなんて」

「そういう扱いがしたい気分だったので」

「ただの悪口だったのか……」

どうやら同じ管理者と言っても一枚岩ではないらしい。

僕が管理者の詳細を聞きたがらないからレイアからも言ってこなかったが、全ての管理者を普通に紹介できるような状態ではないらしかった。

ちなみに、「吸――」しか聞いていないグリムロールさんも下準備が必要らしい。

何となく予想はできるけれど……血とか求められるのだろうか。

結局、今日のところは《第六地区》の管理者であるポチに会いに行く事になった。

僕が望む平穏を手に入れるために、僕自身が管理者である彼らと向き合わなければならないのは事実だ。

僕のいる十七地区――自室のある場所からはどこへでも転移が可能らしい。

そこで、僕は第六地区へとやってきていた。

そこは普通の洞窟のような場所だった。

ただ、ヤーサンがいた場所とは違って暗いというわけではなく、どちらかと言うと広々としている。

それはきっと、フェンリルの大きさに合わせたのだろう。

「では、ポチを呼びます」

「う、うん」

ヤーサンの時とは違い、今度の僕は心の準備をしてきた。

レイアが懐から取り出したのは、小さなボール。

それはピンク色の蛍光色に輝いていて、レイアはそれを――

「はい、ポチ！　取ってこい！」

「え、何その呼び方!?」

ブン――と思い切りそのボールを遠くへと投げた。

ポンポン、と跳ねていくそれを僕とレイアは見送る。

だが、蛍光色のボールは不意に闇に飲み込まれた。

その代わり、ズンズンという大きな足音がこちらに近づいてくる。

「――」

僕はその姿を見て、息を呑んだ。

真っ白な毛並みを持つ狼が、ゆっくりとこちらへ歩いてきた。

その巨体は僕が倒した《灰狼》よりも一回りは大きい――僕も見るのは初めてだが、こちらが僕の知る狼の魔物の《最強種》という事になる。

ハッ、ハッという大きな息遣いと共に、僕の目の前までやってくる。

「ポチ、挨拶を」

「…………」

「え、えっと……」

今すぐにでも噛みついてきそうな表情で、ポチは僕の方を見ていた。

レイアは特に慌てる様子もないところを見ると、やはりフェンリルといっても危険はないようだが、間近で見ると迫力が段違いだ。

そんなポチの第一声は――

「わんっ」

「……!? な、鳴き声は犬なのか……！」

そんな巨体に対して、鳴き声は普通の犬だったのだ。

いや、むしろ可愛らしい犬と言ってもいいような鳴き声だった。

その鳴き声を発したのは、とても大きな身体をした魔狼――《フェンリル》。

あまりのギャップに、正直どう反応していいか困ってしまう。

いや、そもそも僕が知らないだけでフェンリルってこういう鳴き声なのかもしれない。

「えっと……ポチ？」

「わんっ！」

僕がその名前を呼ぶと、見た目とは裏腹に嬉しそうに吠えた。

身体は大きい上に威圧感も凄いけれど、声のおかげで何だか和む雰囲気があった。

「聞いての通り、ポチの名前の由来はこの鳴き声です」

「や、やっぱり？　フェンリルってこう吠えるわけじゃないよね？」

「どうでしょう……このポチも拾ったものですので」

「拾ったの!?」

「はい。以前マスターが聞きたがらなかったので言いませんでしたが、ポチは拾ったんですよ」

「いや、どういう経緯で——まあ、いいか……」

「聞きたいですね」

「断定形!?　別に聞きたいとは言ってないけど！」

「マスターは怖がっているようですが、別に私が管理者を仲間に加えた経緯に怖いものはありませんよ？」

「いや、死霊術使えるようにしてデュラハンを仲間にしたとかは立派に怖い経緯だからね？」

そもそもレイアはそういう系統の魔法を使えなかったはず——僕の知らないところで、レイアが単独で習得した事になるのだ。

ブレインに苦戦していたのもそういう魔法を複数——そして常時使っているから負担がかかっているものだと僕は考えていた。

その事をレイアに聞くのも忘れていた。

「レイア、そういえば——」

僕が話し始めようとした時、ベロンと大きな舌でポチが僕を一舐めする。

たった一回ペロリとされただけで、涎まみれになった。

ポチはというと、涎まみれになった僕を見て「ハッ、ハッ」と息をはきながら、尻尾をぶんぶん振りまわしている。

その勢いだけで、風が強めに巻き起こっているのが分かる。

そんなポチをレイアが叱りつけた。

「ポチ！　なんて事をするんです！」

「い、いや、いいよ。懐いてくれてるのなら――」

「そうではなく、私ですらまだマスターを舐めた事がないのにあなたから舐めるとは何事なのですか。舐めた事してくれますね！」

「そこ!?　色々飛び過ぎじゃない!?」

僕の突っ込みに対して、レイアはちらりと僕の方を見る。

普段通りの優しげな微笑みを浮かべているが、

「ポチが舐めるのを許容するなら私がする事も許容してくれますよね？」

案の定、聞いてくる内容はそんな事だった。

僕は特に迷う事もなく答える。

「しないけど……」

「何故ですか!?」

「驚くところじゃないよ。ポチは犬――じゃなくて狼なんだし、そういう事もするよ」

あやうくポチという名前ではあるとはいえ、フェンリルを犬呼ばわりするところだった。

実際ほとんど言いかけていたけれど、ポチは特に気にする様子もなくこちらをじっと見ている。

いわゆる『待て』の状態なのだろうか。

レイアはというと、僕の言葉を聞いて何故か恥ずかしそうな表情を浮かべて、

「そ、それはつまり……私に犬のようになれ、と」

「言ってない！」

「マスターが望むのなら私は犬にでもなりますよ……？」

そんな風に言ってきたのだ。

いつもなら、ここで僕もしないと言い切るところだけど――このままだとポチの紹介まで時間がかかりそうだ。

少しだけ乗ってみよう。

「別に望みはしないけど……じゃあ、お座り」

「！」

僕からそういう風に言ってくる事が珍しかったのか、レイアは少し驚いた表情をする。

だが、レイアが自分から言った事だ。

僕の指示通りに、レイアはスッとその場に座り込む。

「こうですか？」

「うん、そのまま静かに」

「まさか放置プレイ……？　私を犬にするに飽き足らずそこまで――」

「解釈がおかしいよ！　僕はポチの話を聞きたいから座ってほしいってだけで……」

「でもお座りって言いましたよね」

「い、言ったけど……」

「言いましたよね？」

「深い意味はなくてね……」

「イイマシタ、ヨネ？」

「怖っ！　『待て』、『待て』だよ、レイア！」

「必死に命令するマスターの姿もかわいいですね」

どの視点から言っているのだろう――やはり、主導権は結局レイアに握られてしまった。

そんな僕とレイアのやり取りを見ていたポチは、ノソノソとレイアの方に歩いていって近づいていく。

一歩一歩、地面を踏み締める毎に足音が聞こえた。

「どうしました、ポチ。私とポチの仲の良さを見せつけて、マスターから嫉妬を買おうっていう作戦ですか？」

「わんっ！」

「頷いているように聞こえなくもないのが嫌だな……」

「ふふっ、ポチは――」

「あ」

レイアが言い終える前に、ポチがぱくりとレイアを咥えてしまった。

そのままモゴモゴとしばらく口を動かした後、ペッとレイアを吐き出す。

僕が舐められた以上に、本当の意味で『舐められた』事をされているように見える。

「レ、レイア？　だ、大丈夫……？」

僕の問いかけに、レイアは涎を払いながら立ち上がる。

その表情は変わらずに笑顔だった。

だが、目は笑っていない。

「ふふっ、ポチはこれで遊んでいるつもりなんですよ」

「あ、そ、そうなんだ……」

「ですが、マスターを舐めた時から思っていましたが……ポチも少しはしゃぎすぎですね。少しお仕置きが必要なようです」

「まあ落ち着いてよ。怪我するような事をしてきているわけじゃないんだし……」

「いえ、マスター。普段のポチはこんな事はしません。それなのにここで許容してしまっては、今後もこのような出来事を許容してしまう事になります」

「それを許容したら問題になるの……？」

「例えば一国の王と面会している時に、ポチが乱入してきてペロペロしてくる事を許容しかねないという事になります」

「なにそのシチュエーション!?」

「とにかく、ポチには一度お仕置きを！」

「い、一旦落ち着いて――あっ」

ポチの方に近づこうとするレイアを制止しようと、僕はその手を引いた。

だが、二人ともポチの涎で身体のぬめり気があがっている。

足を滑らせて、バランスを崩した。

咄嗟にレイアを庇うような形で倒れた――つもりだったけれど、

「マスター……そんな、ポチが見ている前で……」

「滑っただけ！　スリップだから！」

転んだ状態で、丁度レイアの胸のあたりに手を置く形になる。

レイアがいつになく恥ずかしそうにしながら、それでも抵抗する様子もなく僕の手を取る。

だが、そんなレイアでも少しの間の後にぽつりと呟いた。

「涎まみれで抱き合うシチュエーションは、ちょっと特殊すぎませんか……？」

「別に僕も望んでないけどね!?」

「わんっ」

倒れた僕とレイアを見て遊んでいると思ったのか、ポチは再び僕達をペロペロと舐めはじめた。

結局全身ずぶ濡れという奇妙な状態で、僕はレイアと共に風呂に向かう事になる。

ポチの紹介という紹介は受けなかったけれど、とりあえずよく舐めてくるという事と、声が犬みたいだという事だけは分かった。

＊＊＊

およそ四百年以上前の事――レイアが子供だったポチを森で拾ったのだ。

その時はまだ本当に小さく、サイズも犬と遜色はなかった。

レイアとしては、フエンが目覚めた時に可愛らしい犬がペットにいるというのも悪くない――そんな気持ちで「わんっ」と鳴く犬にポチと名付けて飼う事にしたのだ。

ヤーサンを住まわせてからすぐの事だ――だが、ものの数年の間にポチは驚異的な成長を遂げる。

「それが、こんなに大きくなるとは……」

「わんっ」

「パンチが利き過ぎている気もしますが、マスターならフェンリルでも許容してくれるでしょう」

レイアの中で、フエンという存在は勝手に捻じ曲げられ始めていた。

ただひたすらにレイアが守りたい存在であり、愛すべき存在であり――《七星魔導》と呼ぶにふさわしい器をもっている、と。

だからこそ、フェンリルの一匹や二匹では動揺したりしないだろう。

仮に動揺する事があったとしても、レイアはそれでフエンに幻滅する事はしないが。

フエンの年齢もすでに百を超える計算になるが――実力のある魔導師ならばその年齢でも問題なく生きている。

およそ三百年生きたという魔導師もいるほどだ。

いつの間にか最強の《魔物使い》としても知られるようになってから五十年は経過しているフエンは、相変わらず自身を封印したまま目覚めていない。

それでも、着々とフエンの周囲の戦力は強化されていたのだ。

そんなフエンの事を狙う人間は――何年経とうと存在している。

かつて、《ガガルロント》という国の軍隊がフエンの操る魔物によって壊滅させられたという話は有名だった。

そのガガルロントの残党が――フエンの暗殺をとある部隊に依頼したのだ。

「ターゲットは《七星魔導》の《七星の灰土》と呼ばれた男、フエン・アステーナだ」

「どんな野郎か興味あるぜ。誰も姿を見た事がないって言うじゃねえか」

「姿など関係ない。我々は《七星魔導》だろうと仕事を全うする。そのための部隊だ」

　黒いローブに身を包んだ五人の男達——どこの国にも属さない暗殺部隊《影落とし》。

　彼らが見つめる視線の先には、遥か遠く離れた場所にいるレイアと大きなフェンリル——ポチがいた。

「あの付近にフェン・アステーナの拠点があるはずだが……あの狼もフェンの操る魔物か」

「おいおい、じゃああの小娘がフェンか？　男だと思ってたけどよ」

「いや……フェン・アステーナは男のはずだ。だが、一説によれば女という話もある」

「おいおい、どっちなん——」

　一人の男が振り返った時、そこにいたのは遥か遠くにいたはずのフェンリルだった。

　背後を取られた男の方は、まだその存在に気付いていない。

　暗殺部隊として経験を積んだ彼らだからこそ、離れていても警戒はしていた。

　それでも気付かせないほどの速さを——ポチが持っていたのだ。

　全員がポチの存在に気付く頃には、すでに戦いは終わっている。

　否、戦いにすら発展していない。

　その場にいた者達を前足で軽く弾き飛ばすだけで、終わってしまったのだから。

　彼らに敗因があるとすれば——フェンを狙うという仕事を受けてしまった時点まで遡（さかのぼ）る事になる

だろう。

「わんっ」

ポチは口にくわえた骨をぺろりと舐めまわす。

それは、まだ改良途中のギガロスが投げ飛ばしたもの——レイアが暗殺者達の存在に気付いて、ポチを送り出すために骨を投げたのだ。

「しっかりやってくれた——ようですね」

レイアからも確認する事はできない。

背後に立つギガロスが重低音で答える。

「——」

「ええ、あの子は優秀ですね。将来マスターを守る良い番人になる事でしょう」

レイアはそう確信していた。

それが、現在では二人揃って舐められる事になるとは想像もしていなかっただろう。

＊＊＊

「……というわけで、あれがポチでした」

「うん、なついているのは分かったけど……」

ポチの涎を落とすため、僕とレイアは風呂場にいた。

今日はレイアも布切れ一枚でほとんど裸のまま、僕の背中を流してくれている。

前回と違って危険なブラッシングはなさそうだった。

「ポチはペロペロしかしてこなかったですが、あれで今晩のおかずを捕ってきてくれる優秀な子なんですよ」

「フェンリルなら倒せない相手なんて早々いないだろうし、何でも捕ってこれそうだね」

「はい。食べ物を保存するのにも一役買ってくれるので」

「保存……？」

「お忘れですか？　フェンリル種は基本的に氷山で暮らす《氷使いの狼》です。あの子ならどんな食材でも長い期間保存できるんですよ」

「ああ、なるほどね」

僕も納得した。

フェンリルは独自の氷魔法を使う事ができる。

氷の生成もさることながら、対象を直接凍らせる魔法に長けているのだ。

人間でもそういう類の魔法はあるが、桁が違う。

それこそ、普通の山を氷山に変えてしまうような力を持つ。

その魔法陣は難解であり、また詠唱ではなく『吠える』事で指示をしているため、人間には真似できないものだ。

もっとも、ポチの鳴き声は犬のようにしか聞こえないため、実は誰でも使う事ができるのではないかと僕は少し思っている。

「ところでマスター」

「ん、なに？」

「いえ、何も」

僕が振り返ると、レイアは何か言いたげな表情をしていたが、視線を逸らしてそう答えた。

気にはなりつつも、僕は視線を元に戻す。

明日は飲み会の約束もあるし、今日はゆっくり休もう――そんな風に考えていると、

「マスター、やはりおかしくないですか？」

「え、どうしたの？」

改めて僕は問い返す。

レイアは納得がいかない、というような表情で答えた。

「男女二人……裸でお風呂――何もイベントがないなんて！」

「イベント？　どういう事？」

「前回はまだ分かります。私は服を着てマスターの身体を洗いました」

「殺しかけたの間違いだと思うけど……」

「そこは置いておいて」

「置いておくの!?」

「はい。置いておいた上で改めて……今回は私も裸なんですよ？」

レイアはそう上目遣いで言い放った。

ちらりと自身の身を包む布をはだけさせる。

僕はそれを見て頷いた。

「うん、そうだね」

「反応薄いですね!?　あれですか、やっぱり男の皮を被った女の子なんですか？　そもそも皮も女の子ですけど！」

「いや、そういうわけじゃ――って、どさくさに紛れて見ようとするのやめて!?」

下半身に巻いたタオルを奪い取ろうとするレイアに、僕は必死に抵抗する。

レイアの力は常人よりも圧倒的に強い――加減しているというのは分かるけれど、それでもタオルの方が破れそうだった。

「確認は必要だと思います」

「いらないよ！　何を確認する必要があるっていうのさ！」

「ナニを確認する必要があるんです！」

「アクセントがおかしいいね!?　い、一旦落ち着こう？」

レイアは僕の言葉を聞いてか、タオルは握ったままだけれど力は弱めてくれた。

けれど、油断するとすぐにでも引っ張ってきそうだ。

レイアが不服そうな表情で僕に問いかける。

「マスターが男だと言うのなら私に何もしないのはおかしくないですか？」

「お、おかしいかな」

「はい、おかしいです。私の裸を見て何も感じないというのですか？」

「何も感じないというか――見慣れてるから」

「見、慣れ……？」

レイアが驚きの表情で僕の事を見る。

いや、レイアも知っているはずだ。

そもそも僕がレイアを作ったわけだし、調整する時は毎回全裸だ。

最初の頃は特に調整が多かったから、僕としては普通に見慣れている。

だが、レイアは想像以上に動揺していた。

「わ、私の裸は見飽きたと……？」

「いや、そういう事じゃないけど……」

「そういう事ではないのならどういう――いえ、そういう事ですか」

レイアがパッと僕の下半身に巻いたタオルから手を離す。

落ち着いた様子を見ると納得してくれたみたいだ。

「マスターは裸だけでは満足できないという事ですね」

「どうしてそうなるの!?」

まったく納得していなかった。

何となく予想はしていたけれど、レイアが普通に会話を終わらせる事の方が珍しいと思うようになってしまっている。

「だ、大丈夫です。マスターが望むのならどんな事でも……」

「そういうのは望んでないから！　と、とりあえず落ち着いてお風呂にでも入ろう？」

「！　混浴をご所望ですか？」

「ご所望というか……このタイミングだと一緒に入る事になるよね」

もはや浴室に一緒に入っている時点で混浴ではないのだろうか。

レイアの基準はよく分からないけれど、今度こそ納得したような表情で頷く。

「そんな事言って、何だかんだ期待してくれていたんですね」

「いや、別に期待――」

「シテマスヨネ？」

「……うん」

僕は素直に頷いた。

表情はにこやかだけど、目が笑っていないレイアはやはり怖い。

それなりの広さのある浴室でレイアと二人――レイアが寄り添うように隣に座る。

「湯加減はどうですか？」

「ちょうどいいよ」

「それはよかったです」

「……というか、他にも種類があるみたいだけど」

浴室の中にまたドアがあり、そこの先にはいくつかお風呂がある。

どこかの温泉施設のような場所が地下にあるのだ。

これが自宅だとは相変わらず思えないところだけど……。

「ふふっ、地下から汲み上げたものもありますので」

「まさかの源泉……!?」

「お肌がつるつるになりますよ」

「そういう効能はあまり期待してないかな……」

「そんな事言わずに、別のところにも入ってください」

「わ、分かったから引っ張らないで！」

結局、ここから一時間以上レイアと自宅の風呂めぐりをする事になり、僕はのぼせてその日を終える事になってしまったのだった。

＊＊＊

《カミラル》の町に二人の男女がやってきていた。

一人は大きな斧を背負う女性と、もう一人はよろよろと歩く杖を持った老人だった。

その姿は町の中でもよく目立つため、特に冒険者達の中でも話題になっていた。

そんな事は気にもしない様子で、二人は町を歩いていた。

「ねえ、リーザル。ここにまだブレインを殺った奴がいると思う？」

「さての。ザイシャ、坑道の方は見に行ったんだろう？　どうだったかの」

「坑道の中は荒れていたけれど、魔物はいなかったわ。寄り付こうとする様子もない。結界の類か何かかと思ったけれど、そんな様子もなし」

「うむ、魔物がいない？　それはおかしい――面白い事だの。仮に坑道の魔物を片付ける事ができたとして……少しくらいなら寄り付くだろうて。本当にいなかったのか？」

「そう、いなかった。面白いよね、人っ子一人じゃなくて魔物っ子一匹いないの。あはっ、私は魔物っ娘の方が好き」

「ほほほっ、お前の趣味は聞いとらん」

「聞いとけよ、爺」

ザイシャとリーザルは話しながら、冒険者ギルドへとやってきた。

もっとも手っ取り早い話――ブレインを倒せる可能性のある者が冒険者の中にいるのではないかと判断したのだ。

あるいは、それを知っている者でもいい。

Sランクの冒険者がいれば、それくらいの事をやってもおかしくはない。

「はぁい、ちょっといい？」

「あ、はい。何でしょうか」

ギルドの受付にやってきて、ひらひらと手を振るザイシャに、受付のマリーが対応する。

リーザルは入口付近の椅子に腰かけていた。

ギルド内にいた何人かの冒険者がザイシャの方に視線を送る。

「いい女だな……」

「ああ、お前もそう思ったか」

「ザイシャよ、よろしくねー」

ザイシャがそんな冒険者達に愛想笑いをしながら、マリーの方に向き直る。

にこやかな表情で、ザイシャは尋ねた。

「ここの近くに坑道ってあるでしょ？」

「あ、はい。坑道に何かご用でしょうか。あそこはこれから整備の予定がありますけど……」

「あー、うんうん。整備してくれちゃっていいと思う。そうじゃなくてさぁ、私あそこの所有者と知り合いなの」

「そうなんですか？　それでしたら依頼主の方にご連絡とか――」

「うん、そう。取れないのよね。それでさ、この辺りで女の子をいっぱい連れたダサイ男を見なかった？」

「え……ダサイかどうかは分かりませんけど、そういう人は見ていないですね」

「そう？　あ、ちなみに女の子っていうのは《魔導人形》の事なのよね」

「え、魔導人形……？」

ザイシャの言葉を聞いて、マリーの表情が少し変わった。

ザイシャはそれを見逃さない。

優しげな表情のままザイシャは続ける。

「あ、うん。早い話さぁ、その魔導人形をいっぱい連れ回している男が坑道の主なの」

「――ちょっといい？」

ザイシャとマリーの話に割って入ったのは、すぐ近くで仕事の確認をしていたフィナだった。

「あら、あなたは知ってる？」

「その依頼主の事は知らないけれど、魔導人形の方は知ってるわ」

「それは助かるかも。魔導人形はどこに？」

「その前に……その依頼主とあなたはどういう関係なの？」

「うーん、仕事仲間よ。仕事仲間」

「仕事仲間……？　あなた、冒険者？」

「あはっ、そう見える？　まあ、そっか。斧とか背負ってたら――あら、斧使う人ってあんまりいないのね」

「話を逸らさないでもらえる？　あなたが坑道の依頼主を探している理由を聞きたいの。私だって――」

「あははっ、聞きたいのは私の方なんだけどね？　魔導人形はどこにいるか、それに応えてほしいの」

「……壊したわよ、坑道で」

「！　へえ、そういう事？」

フィナの言葉を聞いて、ザイシャも理解する。

少なくともフィナは坑道にいて、魔導人形との戦闘を経験している。

ただし、ザイシャから見てフィナは多少実力もあるようだが――とてもブレインを倒せるレベルにあるようには見えなかった。

それに、魔導人形の件に触れてもブレインの事に触れないのならば、本人と会った可能性は低い。

「一応聞くけれど、あなた一人で倒したの？」

「いえ、みんなと協力したけれど……ほとんどは《魔物使い》の冒険者が倒したわ」

「そう！　その人を探しているの！」

「……は？」

フィナの言葉を聞いて、ザイシャは目を輝かせた。

魔物使い――ブレインを倒した相手はきっとそいつだ、と。

魔物使いという事ならば、おそらくザイシャやリーザルと同じ魔導師という事になる。

ブレインの魔導人形が動かなくなってから二日しか経っていない。

まだこの町にいる可能性も高く、ザイシャはそれを期待してこの町にやってきたのだ。

こんなに情報が早く手に入るとは、と喜んでいたのだ。

「それで、その人はどこにいるの？」

「……どうして探しているのかしら？」

「あはっ、あなたには関係ない事。ただ純粋に会いたいだけなの」

「教えられないわ」

「どうして？」

「理由を聞いてないから。あなたはどうして、魔物使いの冒険者を探しているの？」

「そんなの簡単な事じゃない――私がブチ殺すためよ」

ザイシャはにやりと口角を吊り上げて笑った。

その表情を見て、思わずフィナが剣の柄に手を触れる。

だが、それよりも早くザイシャが斧を振るった。

「あはっ、あなたの顔は好みだから――できれば潰したくないの」

「ひっ」

ブゥンと振るった斧は、すぐ近くで二人の様子を見守っていたマリーに向けられていた。

ピタリと眼前で止められたそれに、マリーが動けずにいる。

それを見たフィナも動きを止めた。

他にいた冒険者達もその様子を見てざわつく。

「……っ！」

「リーザル、よろしく」

「まったく、手間のかかる事をするの」

ザイシャの声を聞いて、リーザルは杖を床につく。

トンッと軽く小突くと同時に、ギルドの周囲を覆うように結界が張られたのだった。

「ここで待っていたらその魔物使いは来るか？　それとも、もう二度とここには来ない？　来ないのなら――ここにいる意味はないのだけど」

邪悪な笑みを浮かべながら、ザイシャはそう言い放ったのだった。

＊＊＊

「フ、フィナさん……」

マリーが泣きそうな表情でそうフィナの名を呼ぶ。

心配しないで――そう言いたいところだったが、状況がそれを許さなかった。

「フィナっていうの？　かわいい名前ね」

「……」

フィナはザイシャを前にして下手に動く事はしなかった。

彼女の操る斧――それは人が振るうには大きな物だ。

それを軽々と振るう彼女がただ者ではないという事が伝わってくる。

そして何より、マリーを人質として取られてしまっている。

「他の奴らもそうだけど、やる気満々っていうところは嫌いじゃないわ。この状況でもね」

大きな斧の刃の部分が、ずいっとマリーの喉元に当てられる。

さらに、ギルド内がざわついた。

「おい……外の様子が……!?」

「……っ」

フィナはそちらの方に視線を向けなかった。

ザイシャから目を逸らせば、その一瞬でやられてしまう――そんな気がしていたからだ。

「ふふっ、正しい判断ね。私の方が強いもの」

「それは、どうかしら」

「！」

ザイシャの言葉を聞いて、フィナがそう呟くように反論する。

ちらりとフィナはマリーの方を見た。

斧はまだマリーに向けられているが、フィナの言葉に反応してわずかに斧が動いたのが分かる。

「あはっ、私と戦いたいって事？」

「人質を取るっていう事は、大した実力はないっていう事でしょ？」

「なるほど、一理あるわ」

ザイシャはフィナの言葉を聞いて、納得したように斧を下ろす。

その行動に、フィナの方が驚いた。

（な、こんな呆気なく下ろすなんて……!?）

「でぃや！」

ザイシャの後方、手斧を持った冒険者の男が振りかぶる。

後ろで攻撃をする隙をうかがっていたのだろう。

だが、ザイシャはそちらに視線を向けることもなく、背中に斧を向けてそれを防いだ。

ギィンという、鈍い金属音が響く。

「なっ……」

「残念でした。最初に攻撃を仕掛けてきたのはポイント高いけど、あなたは弱過ぎね」

そう言って、ザイシャは軽く斧で弾くとそのまま冒険者の男を蹴り飛ばす。

それが戦いの合図となった。

冒険者達が次々とザイシャに向かって襲い掛かる。

だが――

「雑魚に興味はないのよねぇ」

ザイシャは軽く斧を振るう。

それを盾で防ごうとして――盾を持った冒険者ごとなぎはらってしまう。

「あはっ、弱いなぁ。やっぱり、ここにはいないか」

フィナは咄嗟にマリーの方に跳び、彼女を庇っていた。

斧を振るうのに迷いがない――ザイシャは人殺しに慣れているとフィナは理解した。

「マリー、大丈夫？」

「は、はい……」

「ここから動かないで」

フィナはマリーの無事を確認すると、立ち上がってザイシャの方に向き直る。

吹き飛ばされた冒険者達を見て、他の者達もザイシャとの距離を詰められずにいた。

「が、ぐぅ……」

盾で防いだはずの冒険者に至っては、腕がへし折れてしまっているくらいだ。

フィナはまた、すぐに状況を理解する。

ここにいる冒険者の中で――一番強いのは自分である、と。

「もっと来てもいいけど、できれば抵抗しないでほしいわ。あの爺が生かしとけっていうから仕方なく……」

ぶつぶつとそう呟くザイシャに対し、フィナは剣を抜く。

先ほど背を見せていたザイシャに斬りかかった冒険者の事を思い出す。

確かに、ザイシャの背中は隙だらけなのだ。

この状態ならば、斬り込むタイミングはむしろ分からないと言える。

「来ないの？　さっきはあんな風に挑発して。わざわざ乗ってあげたのに」

「……っ！」

ザイシャの言葉に、フィナが息を呑む。

やはり、ザイシャはフィナが後ろで狙っている事が分かっていたのだ。

フィナは一度息を整えると、ギルドのカウンターを飛び越えて、再びザイシャと対峙した。

「そういう、卑怯な真似をするつもりはないわ」

「ふふっ、素敵ね。あなた、それなりに強くはありそうだし」

ザイシャが斧を構える。

それは構えと言えるほどのものではない――あくまで、ザイシャがフィナと向き合っただけだ。

一方のフィナも、剣を握りしめたまま動かない。

タイミングを見計らっていると言えば聞こえはいいが、フィナ自身いつ動けばいいか分からなかった。

「水の――」

「邪魔」

ザイシャは息をするかのようにそう一言発して、懐から取り出したナイフを投げる。

少し離れたところにいた冒険者が魔法を使おうとしたのに反応したのだろう。

冒険者はそのナイフに何とか反応するが、腕で防ぐのがやっとだった。

それを皮きりに、フィナが動く。

「ふっ」

一呼吸――吐くようにフィナは一歩を踏み締める。

ザイシャはまだ反応できていない。

ザイシャの斧の攻撃範囲内に入っても迷うことはない。

むしろ加速するように踏み出していく――が、

「卑怯な手は使わないんじゃないの？」

「――ッ！」

ザイシャはにやりと笑いながらフィナの方を見る。

やはり気付いていた。

だが、フィナは迷う事なく剣を振るう。

ザイシャは斧を振るうのではなく、両手に持つ。

キィン、と周囲に音が響く。

ザイシャの持つ斧の柄の部分で防いだのだ。

そのまま、弾くようにザイシャが押し出す。

フィナの方がバランスを崩した。

「くっ……!?」

「今度はこっちの番よね？」

ザイシャが一歩を踏み出す。

ザイシャの体格で振るうにはとても大きい斧だったが、ブゥンと風を切るような音と共に振りかぶられた。

フィナは地面に手をつくと、そのまま跳ぶ。

ズキリッとフィナの背中に衝撃が走った。

「くっ!?」

フィナはすぐに体勢を立て直す。

ザイシャは追い打ちをかけるようにフィナの下へ駆け寄ってくる。

フィナの剣ではザイシャの斧は防げない――だから避けるしかなかった。

「あははっ、本当にかわいい踊り子さんね！」

「バカに、して！」

フィナはザイシャの攻撃を数度避けると、今度は攻勢に出る。

だが、ふらりとフィナの身体がバランスを崩した。

「え……？」

そのままフィナは膝をつく。

その喉元に、斧の刃が当てられた。

「いい踊りだったわ。楽しめたお礼に、顔は傷つけないようにしてあげたの」

「……!?」

ザイシャにそう言われて、フィナはようやく気付く。

先ほどの背中の激痛もそうだが、ギリギリでフィナは避けていると思っていた。

だが、実際には違う――ザイシャがわざと避けさせていたのだ。

集中していたフィナは痛みよりもただザイシャを倒すという事に集中していた。

だからこそ、気付くのが遅れた。

想像以上に、出血していたという事実に。

「そ、んな……」

「これで、ゆっくり待てるわ。ああ、ところで、魔物使いの名前、聞いてもいいかしら？」

斧を向けられたまま、なす術(すべ)もなくフィナはザイシャに屈してしまった。

＊＊＊

「マスター、見てください。綺麗な花ですよ」

「珍しい花だね」

レイアがくいっと僕の袖を引っ張ってその花を指差す。

翡翠(ひすい)色のそれは、僕自身もあまり見た事がないものだった。

葉も緑であるため、全体を通して緑感の多い花だけれど、不思議と綺麗に見える。

「マスターの部屋に飾っておきましょうか」

「いや、僕は部屋に花を置く趣味はないから……レイアの部屋に飾っておくといいよ」

「ふふっ、それならマスターの部屋でいいじゃないですか？　私はマスターが寝る時も一緒にいるんですし」

「レイアの部屋の意味は!?」

僕とレイアは何故か町に向かう途中――森の中でピクニック状態にあった。

レイアは用意した弁当をバスケットに入れて、僕と森の中を散策する気満々だったのだ。

一応、この森の中には魔物も住んでいるし、とてもピクニックをするのに適しているような場所ではない。

けれど、レイアはにこやかな表情で森の中を進んでいく。

「マスター、この辺りで休憩しましょう」

「う、うん。まあ、いいけど……」

近くの木には魔物が付けた傷跡や、争った痕跡が垣間見える。

レイアは気にする様子もなく、跡のついた地面にパサリとシートを敷き始めた。

僕は今日――みんなとの飲み会に参加するために町へ向かっていた。

その事についてはレイアも知っている。

そして、今朝方の事――僕が町に行く事を伝えると、

「マスターが楽しむ事は私の喜びです。もちろん、マスターが一人で楽しむために町に行く事を止めたりしません。何故ならマスターの喜び、そして楽しみは私の喜びでもあるからです。だから私は一人、ここで待っています。別に気にしなくてもいいですよ。マスターはマスターのために、町で冒険者の方々と交流を深めてください。酔いつぶれても呼んでいただければ迎えを送ります。ポ

チがいいですか？　それとも――」

「レ、レイアは何かしたい事ない？　飲み会まで時間あるからさ！」

「いいんですか？　ではピクニックで！」

有無を言わさずそんな宣言を食らったのだった。

別に直接したい事を言ってくれれば、僕にできる事ならするんだけれど。

大体、レイアの言う事は僕にできない事というよりは、やりにくい事が多い。

けど、今回は普通にピクニックがしたいという、それこそ女の子らしいとも言えるような願いだった。

（レイアはずっと僕の事を守ってくれたわけだし、これくらいの事はしないとね）

他の管理者についてもしたい事があればやった方がいいのかもしれないけれど、レイアから聞く限りほとんどの管理者が結構自由に生きているようだった。

それこそ、いつもあの要塞にいるわけでもないみたいだし。

僕の自宅というよりは、僕達の自宅という事になっているようだった。

「ふふっ、楽しいですね。マスター」

レイアはこうして座っているだけでも楽しそうだった。

「そうだね。こういう願いだったらいつでも言ってくれていいんだよ？」

「私はこうしてマスターと一緒にいるだけで幸せです。こうして一つずつ事実を積み上げていきましょう」

「うん――うん？　事実？」

「……思い出を作っていきましょう！　さ、ここでお弁当も食べてしまいましょうか」

何か不穏な言葉をレイアが言った気がするけれど、レイアは誤魔化すように用意した弁当を広げ始める。

レイアが作ったパンでサンドイッチを作ったらしい。

けれど、僕はレイアの言った事が気になる。

「あの、レイア。事実って――」

「さ、マスター。冷めないうちに」

「サンドイッチは冷めてるよね？」

「ふふっ、今のマスターの突っ込みも冷めていますね」

「そこの突っ込み!?」

「今の突っ込みは冴えていましたね」

結局そんな風にはぐらかされてしまった。

事実……思い出じゃなくて事実って何なんだろう。

よく分からないけれど、レイアの機嫌もいいし下手な事は言わない方がいいかもしれない。

「あ、森の中で虫が少し多いですね」

レイアはそう言いながら周囲を飛ぶ小さな虫を指でつまんでは、ピッと弾き飛ばしている。

こういうところを見ると、女の子らしさというのはやはり訂正したくなってくる。

けれど、虫が少し多いのは事実だった。

「もう少し上の方で食べようか」

僕はそう言って、地面に手を触れる。

ズズズッ、と少し地面が揺れると、ゆっくりと盛り上がっていく。

ピクニックをするなら草原とかの方がいいだろう。

ここでするなら、見晴らしのいい高さで食べるくらいがいい。

盛り上がった地面は木々を越えて、森全体を見渡せる高さまで上がった。

「さすがマスター。素晴らしい景色です」

「景色は僕じゃなくて自然のおかげだけどね」

「この景色を見られるのはマスターがいるからです。ありがとうございます」

「う、うん。別にこれくらいなら――」

レイアに言われて少し照れくさくなって視線を逸らした時、それが見えた。

町まではまだ距離はあるけれど、僕が視界に捉えたのは、特殊な《結界魔法》がある事。

それが、町の中にあるように見えたのだ。

「あれは……」

「どうかされましたか？　マスター」

「何かの結界みたいだけれど」

「結界……？　町の方にあるようですね」

「！　レイアははっきり見えるの？」

「一応、目は良い方なので。ギルドの上のほうに旗のようなものが見えますが」

「旗？」

「お待ちください。確認します」

僕の知っているレイアよりも明らかにスペックは上がっている。

魔法を複数維持しているとはいえ、基礎スペックは高いようだ。

レイアは目を細めて、呟くように言った。

「『魔物使い、ギルドにて待つ』と書かれていますね」

「魔物使い……？　あ、それって僕の事？」

そういう風に呼ばれるとしたら、僕くらいしかあの町にはいないだろう。

さらに結界まで張られている――明らかに普通じゃないものが僕を待ち構えているのが分かってしまった。

「これはつまり、マスターが喧嘩を売られているというわけですねっ」

「何でそんなに嬉しそうなのさ……」

レイアは旗に刻まれているらしい文字を見ながら、浮かれ気味にそう言った。

僕からしてみれば、別に嬉しい事ではないし——というか、レイアにとっても喜ぶ要素があるのだろうか。

「《魔物使い》ですよ、魔物使い。まだマスターが活躍を始めてからほんの数日で名が広まりつつあるんです」

「魔物使いで売りたいわけじゃないけど……」

「では《正義の味方》で？」

「そういう柄でもないよ」

「では私のハニー」

「全然関係ないよね!?　それにハニーは僕に使わないよ！」

けれど、魔物使いと呼ばれるよりは、偽善でも何でも正義の味方と呼ばれる方がいい気もする。

別に僕自身が正義だと思った事はない。

それに少なくとも、僕の名は魔物使いとして広まりつつあるようだけど。

「そもそも僕が魔物を使っている——わけでもないけど、まあそこは置いといて。僕の事を知っている人間なんて町の人くらいしかいないはずだけど……」

「あのブレインとかいう魔導師の経由では？」

「《黒印魔導会》？　僕の事は言えないはず——いや、でも連絡が途絶えたか……あるいはブレインの展開していた魔法が消滅して気付いた、ならあり得るかな」

これは僕が失念していた事になる。

魔導師として、例えば魔導師ではなくともレイアのように常時発動型の魔法を遠距離でも展開している場合がある。

それが突然終わったとすれば、魔法を展開していた本人に何かあったと考えるのが自然だ。

ブレインの仲間がそこから気付いてここにやってきたという可能性は十分にある。

「僕の落ち度か……」

「この場合、そこまで早く動ける相手が優秀であったとも考えられるかと。ブレインを倒してまだ二日——動くにはあまりに早すぎます」

「そうだね……いや、でもブレインを封じておけば問題ないと考えた僕の落ち度でもあるよ」

「——それはつまり、殺しておけばよかった、と?」

レイアが僕にそう問いかけてくる。

少し驚いた表情でレイアを見る。

レイアの表情は真剣だった。

「そこまでは言わないけれど……そもそもあの段階では殺すべき相手かどうか判断できなかったし」

敵である事には間違いないけれど、僕はそれだけで相手を殺すような事はしない。

必要であれば必要な時に、というのが僕の基本スタイルだ。

悪く言えば、優柔不断なわけだ。

「どのみち、ブレインを殺したところで彼らがやってくる事に変わりはありませんでしょうし、少なくともマスターに落ち度があるとは思いません」

「行動も早いし、ブレインが展開していた魔法で気付いたのなら遅かれ早かれやってきたのは事実、だね」

「はい、重要な事はこれからどうするかです」

レイアが結界の方を見てそう言った。

僕がどうするか——聞かなくても、答える事は分かっているだろう。

「それはもちろん行くよ。だって町のところなんだよね？」

「そうですね。マスターがある程度肉眼で確認している通りです」

「売られた喧嘩を買いたいわけじゃないけど、そもそも相手が黒印魔導会かどうかも分からないしね」

「そうですね。やはり、マスターは行く事を選ぶのですね。家で引きこもってもいいんですよ？」

「それをしたら僕はもう町には行かないだろうね……」

逃げるという選択肢はない。

少なくとも起こっている事の確認くらいはしなければ。

「マスターが望むのであれば、私はお供します。マスターの望む平穏に陰りを見せる者を駆逐しましょう」

「言い方物騒だよね？」

「でも駆逐するんですよね、ね？」

「何でそんなに楽しそうなの!?」

僕が戦う事を選ぶのがそんなに嬉しいのだろうか。

レイアの喜ぶ基準はよくわからなかった。

レイアは嬉々として話し始める。

「では、今回の《戦力》の選定を」

「戦力？」

「それはもちろん、町に向かうパーティーメンバーです。スタメンですよ、スタメン」

「いやスタメンて……僕とレイアだけでいいんじゃ？」

「マスターをお守りするのが管理者の役目……せめて二体は連れていきましょう！」

「いやでも――」

「マスターはマスターを守ってきた管理者に仕事を与える必要はないと仰るのですか？　彼らが何のためにあの要塞にいるか――」

「わ、分かったから。……というかもう自宅じゃなくて完全に要塞呼ばわりだよね」

「それはそれ、これはこれ。では、ギガロスでも何でもお選びください」

レイアはそう言うが、僕のよく知るギガロスだけでもいれば戦力としては十分だ。

ただし、町のすべてを破壊してしまうかもしれないが。

そうなると、未だに見ていないアルフレッドさんあたりは優秀なのかもしれない。

おそらく大きさも普通サイズだし……。

でも、僕に魔物使いだけでなく《死霊使い》の称号までついてしまうかもしれない。

「一応聞くけど……アルフレッドさんは？」

「はい決定ですね」

「はや!?　き、危険日がどうとか言ってたよね？」

「マスター、そんな言い方私はしてませんよ……？」

「がっつりしてたのにそこ嘘つくの!?」

いつの間にかアルフレッドさんはお務めを終えていたらしい。

一体どんなお務めか分からないけれど、名前を出しただけでレイアにスタメンとして選ばれてしまう。

「さあ、あと一体くらいは必要です。マスターの周囲を常に守る存在が」

「え、えっと……じゃあ、ヤーサンで」

すでに見られている存在であるヤーサン。

彼が一番連れていても違和感がない存在だろう。

ギガロスはそもそも町に連れていくようなタイプじゃないし、昨日紹介を受けたポチなんか《灰狼》よりも大きな狼だ。

しっかり《フェンリル》として認識されてしまうのではないだろうか。

「アルフレッドさんとヤーサンですね。では、呼び寄せますので」

「呼び寄せるって……ここから呼べるの？」

「もちろんです。管理者すべてを召喚できるのが私のスーパー管理者としての能力ですから」

「スーパーって付けたいだけじゃないか……」

そんな僕の突っ込みを無視して、レイアはコホンと咳払いをする。

懐から小さな筒を取り出すと、レイアはそれに火を点けた。

「な、なにそれ？」

「ここは要塞から近いので、直火でいこうかと」

「直火って――」

僕が問い返す前に、それは発動した。

ドンッ、という大きな音と共に、大きな花模様が空中に浮かび上がる。

「え、花火――いや、魔法陣!?」

それを見て、僕は理解した。

上空に展開されたのは大きな魔法陣。

あの筒には、レイアが魔力を流し込んでいたのだ。

召喚術式――展開された空の空間が歪み、二つの影が地上へと降り立った。

飛べるはずなのに、ボールのようにそのまま落ちてくるヤーサンをキャッチする。

「わっ、大丈夫？」

「かぁー」

ヤーサンは「大丈夫だ」と言っている、気がする。

もう一つは人影。

ズゥンと大きな騎士が僕の前に降り立った。

その姿に、僕は思わず息をのむ。

姿は人だけれど、その雰囲気は異形と言っても差し支えがない。

その騎士には首はなく、どす黒い魔力の塊がそこから溢れだしていた。

「え、えっと……」

「オオオオォォォォ……」

金属に低く反響するような、怨念の声が耳に届く。

――そんなアルフレッドさんは片膝をつくと、ポンッと手のひらから一輪の花を取り出した。

「アルフレッドさん曰く、『お初にお目にかかります、まずはお近づきの印に』との事です」

「ま、まさかの紳士……!?」

人は見かけに依らない――人ではもうないけれど、人柄が凄く表に出ているデュラハンだった。

＊＊＊

アルフレッドさんから手渡された花を受け取ると、スッとアルフレッドさんは立ち上がった。

デュラハンであるアルフレッドさんは、元々は人間のはずだ。

大きな身体なのは、おそらく生前からそういう体格だったのだろう。

首はなくても、見上げるくらいの大きさがアルフレッドさんにはあった。

「お、大きいですね」

思わず敬語になってしまう。

定期的にその名を聞いていたアルフレッドさんだけど、改めて対峙すると威圧感が本当にすごい。

元々銀色だったと思われる鎧も、汚れているというよりはアルフレッドさんの纏う魔力によって変色させられているようだった。

動くたびに、ガシャンッという大きな音が響き渡る。

だが、こんな異様な姿をしながらも、わざわざ花を用意して僕に渡してくれたわけだ。

「大きいとは具体的にどこを見て言っているんですか？」

「全体像だけど!?」

何故かくすりと笑いながらそう言ってくるレイアにすかさず突っ込みを入れる。

絶対的に違う事は、アルフレッドさんは元々人間だったという事。

今まで紹介を受けた者達とは色々と勝手が違う。

ふざけても大丈夫なのだろうかと心配になったが、僕を見下ろす――見下ろしているかどうかも分からないけれど、目の前に立つアルフレッドさんは特に反応する様子はない。

（一応、大丈夫そうだね）

「そんなに心配そうな顔でアルフレッドさんを見なくても大丈夫ですよ。ご覧の通り、私がいる限りアルフレッドさんは紳士なお方なので」

「うん――うん？　私がいる限り？」

「ふふっ、それは当然です。これは私の扱う《死霊術》――すなわち魔法で制御しているのですから。私がいなければアルフレッドさんは本能の赴くままに暴れ回る狂気の存在となってしまうのですから」

「そ、そうなんだ……」

僕は死霊術にはあまり詳しくないが、今のアルフレッドさんが正常でいられるのはやはりレイアのおかげらしい。

こうして紳士的な態度でいるのは元々のアルフレッドさんの性格が表れているのだろう。

けれど、何故花なのだろうか。

それを聞くのは何となくはばかられた。

ギガロスとはまた違い、鎧の中で反響する低音がアルフレッドさんの声のようだ。

「ふふっ、やはり驚きですよね」

「う、うん。色々と……」

「あ、ごめんなさい。今のはマスターではなくアルフレッドさんに話しかけていたのです」

「えっ、アルフレッドさんに?」

何を話していたのか分からないが、アルフレッドさんは驚いているらしい。

アルフレッドさんから見て驚く要素なんてあるだろうか。

「マスターはこう見えても男なんですよ」

「そこ!?」

「アルフレッドさんはここ最近までマスターが男だとは知らなかったんですよ」

「そ、そうなんだ。そこはまあ、何て言えばいいのか分からないけれど……」

よく間違われるのは間違いない事なので、何ともコメントできない事だった。

そもそも、「こう見えて」と言うがアルフレッドさんからはどう見えているのだろう。

ちらりとアルフレッドさんの方を見つつも、僕はレイアに聞いてみる事にした。

「アルフレッドさんって、そもそも僕の事見えるの？」

「ああ、そういう意味ですとアルフレッドさんは魂で物を見て、音を聞きます」

「！　か、かっこいい……」

魂で聞くというところは特に音楽家のような感じがした。

直後、ガシャンという音が聞こえてアルフレッドさんの方に向き直る。

存在しない頭部のところで、手をスイスイと動かしていた。

一体何をしているのだろうか。

「『照れますね』と言っています」

「あ、照れるところなんだ……」

どうやら本当に聞こえてはいるらしい。

頭はない状態でも行動する分には問題ないようだ。

人の区別もできるらしいし。

「マスターの魂も女の子みたいらしいですよ」

「その情報はいらないかな！」

別に知りたくもなかった情報を手に入れてしまった僕だが、状況的にそろそろ話している場合でもない。

向こうで誰かが待っているのだから、僕は向かわなければならないのだから。

「——って、ここで召喚するのは早くない？」

「あっ」

「え、ミスなの!?」

「……いえ、ミスなどという事はありません。マスターにあらかじめ言っておかないと動揺するでしょうし、実際しましたし」

「そこは否定できないけど……ここから移動するとなると数十分はかかるよ？」

「マスターが本気を出せば数分もかからないのでは？」

「まあ、僕だけで行ってもいいなら」

「何を言っているのですか？　マスターだけで行くなんて事はあり得ません」

「だったらどうするのさ？」

「ではマスター、私の身体を支えていただけますか？」

スッとレイアが僕の前に立つ。

促されるままに、レイアの身体に触れる。

「あっ、そこは……」

「まだ背中しか触ってないんだけど!?」

「ふふっ、私も『そこは』としか言っていませんが、何を想像されたのですか？」

「べ、別に想像もしてないけど……次はどうすれば」

「私の背中を支えるようにして、そして膝裏を持ちます」

「こう？」

「そうですね。あ、とてもいい感じです」

レイアの身体を持ち上げるような形になった。

そんな状態でレイアは僕の方を横目で見ながら、

「お姫様抱っこですね……」

「うん——うん？　これだけ!?」

「このまま私を持って移動するという名案なのですが……」

「名案じゃないよ！　ヤーサンとアルフレッドさんはどうするのさ！」

「ヤーサンはマスターの頭に乗れば平気です」

「かぁー」

レイアに言われた通り、待機していたヤーサンが僕の頭の上に乗る。

ふよん、という柔らかさが頭頂部を包み込んだ。

(柔らかい……じゃなくて)

「いや、ヤーサン落ちちゃうんじゃ」

「大丈夫ですよ。試しに頭をぶん回してみてください」

「ぶん回すって、他に確認方法は——あっ」

僕もある事を思い出す。

そう言えば、ヤーサンは坑道でも僕に張り付いたまま離れなかった。

謎の技術で僕の頭にも引っ付く事ができるのだろう。

「かぁー」

「『俺の爪はこう見えて凶悪だぜ』と言っていますね」

「えっ、謎の技術で張り付くんじゃないの!?」

「かぁー」

「『冗談だぜ』と言っています」

「び、びっくりした」

まさかのヤーサンまで冗談を言う始末。

だが、これだと三人までしか運べない。

「これだとアルフレッドさんは運べないけど……」

「背中が空いていますよね？」

「えっ!?　そ、それはちょっと……」

ガシャンッ――という金属音が背後に響く。

びっくりして後ろを振り返ると、そこに立っていたのは当然のごとくアルフレッドさん。

ポンッと僕の両肩に手を乗せる。

「い、いや、あの……アルフレッドさん？　それは無理――」

「さて、冗談はここまでにして……」

「ここまで冗談だったの!?」

「マスターの慌てふためく姿も見られたので、そろそろ向かいましょう」

「え、だからアルフレッドさんは……？」

「見られても困るので、必要に応じて召喚します」

「……それならやっぱり意味なかったよね!?」

結局、僕が驚くかどうかという建前上の理由だけで、アルフレッドさんとヤーサンが呼ばれたのだった。

移動についても僕が本気で動くだけになる。

ただ、その点について少しでも不満を漏らすと、「ではポチを呼びましょう」とレイアが即座に行動にうつるので、何も言う事はなかった。

風の魔法を身に纏って、僕はレイアを抱っこしたままに駆け出す。

数分もあれば、町には到着できる速度だ。

「……こうしていると、何だか胸がトキメキますね」

「この状況で!?」

風を切るように僕が走る中、何故かレイアが嬉しそうにしながらそんな事を呟いた。

第五章　《魔導王》と呼ばれた魔導師

風を切る音が耳に届く。

空を駆けるように、僕は移動していた。

一度の跳躍で数百メートル近く――ほとんど速度を落とす事なく進む。

「さすがマスター……この速度での移動を可能にするとは」

「まあ、こう見えて《七星魔導》って呼ばれてたくらいだからね。これくらいは普通だよ」

「人によっては物凄く嫉妬しそうな発言をさらりと言ってのけるところもさすがです」

「うっ……気を付けよう」

そういうところはあまり気にせず発言してしまう。

自分のできる事を当たり前のように言うのは、知らないうちに恨みを買っていたりする事もある。

経験則のはずなのに失念していた。

「いいじゃないですか、マスター。もっとマスターがすごいところを出していきましょう」

「すごいところって……頼られるのはそりゃ嫌いじゃないけどさ。結局悪目立ちしやすいし」

「マスターがもっと容赦ない感じで力を見せつければ皆黙りますよ」

「なにその悪役!?」

力を見せつけて黙らせる——それはもう悪役としか言いようがない。

僕みたいな奴には一番似合わない事だ。

《七星魔導》の中では温厚な方だと思う。

正直、あそこの名を冠する人は好戦的な人が大半だったから。

まあ、だからこそ全て投げ出して五百年後の世界にいるわけで……。

（それで普通に人助けとかしてたら、結局何も変わらないいんだけど……）

人はすぐに変わるものでもない——そう思わざるを得ない。

五百年という時が経過しても、僕にとってはまだほんの数日くらいにしか感じない。

だから僕は、何も変わっていない。

ただ、少し精神面で余裕ができたんだと思う。

——家の事については精神的負担がマックスだけど。

「かぁー」

「あ、ヤーサン大丈夫？」

「かぁー」

「『俺が本気を出した時と同じくらいの速度だな』と言っています」

「ヤ、ヤーサンの本気……！」

何だかんだヤーサンは強いというのは分かるけれど、実際どのくらい強いというのは分かっていない。

戦い方も不明だし——というかあの羽ばたきで僕の速度と同じくらいとか本当なのだろうか。

「ヤーサン、マスターの護衛はしっかりと頼みますよ」

「かぁー」

「レイアも僕から離れたらダメだよ？」

「え？　それはずっと一緒にいようという愛の告白ですか!?」

「そういう意味合いではないね！　——でも、レイアが嫌じゃなければ一緒にはいてほしい、けど」

「っ!?」

僕はそう言いつつ、視線は前に向けたままだった。

さすがにちょっと、面と向かって言うのは恥ずかしかった。

今の時代、僕を知っているのはレイアしかいない。

五百年前、レイアに護衛を頼んだ時はそんなに長い間眠っているつもりもなかったけど。

レイアが僕に好意を抱いてくれているというのも感じるし、レイアが望む事は叶えてあげたいとも思う。

だから、僕の我儘にまた付き合わせてしまうから、本当の気持ちくらいは伝えておかないと。

「……」

「……」

そう思ったけれど、気付くと風の音だけが届くようになっていた。

まさかの沈黙——気恥ずかしい雰囲気だけが続いてしまう。

レイアならすぐに冗談めかして返してくれると思っていたのに。

ちらりと横目でレイアの方を見る。

そこで、レイアと目が合った。

本当に、僕の知らないレイアがそこにはいた。

素直に恥ずかしがる姿は女の子のようで——いや、本当にそうなのだろう。

長い時を経て、レイアはそういう風になったのだ。

「あっ……その……」

「うん、何かごめん」

「い、いえ、謝らないでください！　わ、私だって、えっと……」

どうやらレイアのマニュアルの中には僕が普通に返してくるというものはなかったらしい。

僕としても恥ずかしいからあまり真面目に返す事はないのだけど。

レイアはどう返事していいか分からないのか、口元を押さえたまま固まってしまう。

その姿を見て、僕は思わず笑ってしまう。

「レイアもたまに動揺するけどさ、今回はかなり大きいね」

「マスターからそう言われる事はなかったので……こほん。ですが、今ので覚えました。油断はしません」

「油断したレイアも可愛いと思うよ」

「マスターが攻撃を覚えてしまいました……！」

「今までのレイアの発言は攻撃のつもりだったの!?」

まあ、僕はレイアみたいにすらすらと言葉が思いつく方ではない。

こういう動揺の仕方をするレイアは滅多に見られるものではないかもしれない。

――そんな場合でもないのだけれど。

「さて、そろそろ着くよ」

「え、もうですか……？」

「何で残念そうなの!?」

「マスターのお姫様抱っこが……」

「それくらいなら、また後でやるけど」

「マスターは私を悶死させたいんですか！」

「そんなに!?」

「かぁー」

　僕とレイアのやり取りを聞いていたヤーサンが間の抜けた声で鳴く。

　何となく呆れられたような雰囲気は、僕にも感じ取れた。

　目標通り、数分以内には町の近くまで到着できた。

「あの、マスター」

「ん、なに？」

「突入後の作戦なのですが……先ほど離れないようにと言われましたが、敵は単独とは限りません。その場合は――」

「二手に分かれる、かな。うん、中に人もいるだろうし……そうするしかないのかな」

「マスターの護衛として召喚する予定だったアルフレッドさんを借りる事になりますが……」

「アルフレッドさんが丁度いい戦力って事だよね」

「はい」

「僕の事は心配しないでいいよ。ただ、レイアも魔法の負担とかあるだろうから、無理はしないようにね」

「そこはアルフレッドさんがいるので大丈夫です」

　アルフレッドさんの強さは分からないけれど、少なくとも他の管理者と肩を並べる実力者なのだろう。

この間の事もあり、レイアが戦うとなると少し心配だった。

むしろ僕の護衛よりも、レイアについていた方がいいんじゃないかと思ってしまっているくらいだから。

（……って、やっぱり何だかんだレイアの事を心配してるな）

思わず苦笑してしまう。

「それよりも、私はマスターの方が……」

「レイア、それこそいらない心配だよ――」

今度は意識して、それを言葉にする事にした。

「僕は《七星魔導》で、《七星の灰土》と呼ばれていたんだ。そこらの魔導師に負ける事なんてないさ」

「マ、マスター……！　そういうかっこいい感じもっとください！」

「いや、そう言われると照れるんだけど……」

かっこつけたつもりだけど、やっぱり僕には向いてないみたいだ。

――僕達の作戦は至極単純なものだ。

敵が一人なら全員で、複数なら分かれて倒す。

そこに負ける可能性というのは踏まえない。

僕は、そのまま真っ直ぐ進むのではなく、一度高く跳躍する。

丁度——着地が結界の上になるように、だ。

「レイア、ヤーサン。しっかり摑まっててね」

「はい！」

「かぁー」

二人の声を聞くと同時に、僕は一度身体を空中で回転させて、勢いをつける。

様子を見る事なんてしない——戦う時は、相手がしないと思う事を真っ先にする方がいい。

「はっ！」

衝撃音が周囲に響く。

かかとに流し込んだ魔力で、結界の外側を砕いて入る。

結界魔法というのは、本来外側から解除していくものだ。

あるいは、中の者が外の者を許可する事で入れるようになる。

その全てをすっ飛ばして、僕は結界の中へと入った。

「これは……」

レイアが呟くように言った。

中に入った瞬間、僕もその異様な空間に気付く。

黒く歪んだような世界が、そこには広がっていたからだ。

＊＊＊

結界の外側から見る中の様子は普通だった。

灰色の壁がそこにあるようで、周辺を人々が囲うような形になっていたのは見えた。

僕は既に、結界の中にいるわけだけど。

その中はまるで――

「異世界……というところでしょうか」

「結界内を変化させているって事は、それ相応の魔導師がいるという事になるね」

周辺の空間が歪んでいるのは、魔法によって結界内を書き換えているとも言える。

外と中で確認できる状況はまるで違う――だが、僕のやる事は変わらない。

「敵は――二人、かな」

「分かりますか、さすがマスターです」

「分かりたいわけでもないけど……こうも見られてる感じがするとね」

この中に入った時点で、向けられた敵意には気付いていた。

敵側の反応は早く、僕達が結界を破って入ってきた事には驚いていないようだった。

「どうやら、奇襲というわけにはいかなかったようですね」

「うん、意外とやるみたいだ」

「マスター、ここはやはり二手に分かれるしかないかと。私は上の方にいる魔導師を」

「そうだね、僕は中にいる方を。物凄く呼んでる感じがするし……」

殺意を向けられて呼ばれるのはあまりない経験だった。

僕とヤーサンは冒険者ギルドの中へ。

そして、レイアは上――ギルドの屋根の方にいる何者かと対峙する事になった。

「マスター、最後に確認です」

「ん？」

「必要な場合は、どのような方法を取ってもよろしいので？」

レイアの質問の意図はすぐに理解できた。

僕に――相手を殺してもいいか、と聞いているのだろう。

レイアは僕が望む平穏という言葉があるからこそ、それを守ろうとしてくれているのだろう。

「うん、必要なら構わないよ。戦うと決めた以上はそういう選択肢は当然必要になる」

「――承知しました。ではマスター、ご武運を」

僕の回答を聞いて、レイアは地面を蹴って跳躍する。

その姿は、どこか嬉しそうだったようにも見えた。

「レイアの喜ぶポイントがよく分からない――」

ドォン、という大きな音が周囲に響く。

僕の声をかき消したのは、ギルドの建物の壁を突き破って出てきた一人の女性だった。

大きな斧を手に持ち、その刃の部分には血がこびりついている。

それだけを見れば――中で何かがあったというのは明白だ。

「あはっ、呼んでるのに全然来ないから来ちゃった」

「全然嬉しくない発言だね……」

「私は嬉しい。だって、結界を突き破ってくるなんてもう強いって分かっちゃうもの。ブレインを殺った奴ならそれくらいじゃないと」

ブレイン――その名を聞いて、僕も理解する。

やはり、彼女達は《黒印魔導会》の人間のようだ。

「正確に言えば、殺ったわけじゃないけどね。今もどこかで生きている、と思うよ」

「そうなの？　それならそれで、楽しみが増えたわ」

「楽しみ？」

「あなたを殺して、ブレインも殺す。あはっ、本当のところあなたみたいな可愛い女の子も私好みだから……あんまり殺したくないけど」

そう言いながらも、女性はにやりと笑って僕の方を見る。

およそ殺したくないというような人間がしていい顔ではなかった。

「でも殺す。今だって我慢して我慢して誰も殺してないんだから」

「！」

女性の発言に驚いた。

どう見ても誰かしら殺してそうな勢いではあったが、彼女はまだ誰も殺していないという。

何か狙いがあるのか——確認するまでは分からないけれど、まずは安心といったところか。

「じゃあ、もうはじめましょう？　ずっと我慢してたんだから！」

「別に構わないけど……やる前に一つだけ訂正するよ。僕は男だ」

「あはっ、何それ面白い。でも——どっちでも殺すわ！」

女性は大きな斧を振り回すと、地面を蹴って僕の方へと跳躍した。

それに対し、ヤーサンが僕の頭の上から飛び出す。

「かぁー！」

「え、ヤーサン!?」

女性の振るう斧に対し、ヤーサンが体当たり——まさかのそれが開戦の合図となった。

＊＊＊

「ほほほほ、ほほほっ、始まったようだの」

「そのようですね」

ギルドの屋上に一人の老人がいた。

腰の曲がった老人は杖をコツコツと鳴らしながら振り返る。

レイアは老人の発言に対して、肯定するように答えたのだった。

「ほっ、これはまた随分可愛らしいお嬢さんがやってきたの」

「ありがとうございます」

「ほほほっ、随分と素直なところも良い。それで――人形風情が何の用だ」

ピクリとレイアが反応をする。

ブレインもそうだが、目の前にいる老人はレイアが魔導人形であると即座に見抜いてくる。

レイアは傍から見れば普通の人間と何ら差異はないのだが。

「あなたを殺しに来ました」

「ほっ、ほほほっ、これはまた随分と直球だの。笑える――惚れ惚れする」

コツ、コツと杖をつきながら、老人はにやりと笑った。

皺の寄った表情は優しげにも見える。

だが、レイアはすでに気付いていた。

「この結界を作り出したのはあなたですね」

「ほう、気付いておるか」

「もちろんです。だから、私がこちらに来たのですから」

「なるほど、主人のためにあえて危険な道を選ぶという事か。愚か――感心する」

「本音が漏れまくっていますね」

「ほほほっ、昔からこういう話し方での。わしの名はリーザル。わしの連れであるあの小娘がどうしてもブレインの仇を取りたいと言うのでのぉ……ここまでやってきたわけだ」

「嘘ですね」

リーザルの言葉に、レイアはすぐにそう答えた。

リーザルは少し驚いたような表情で眉を動かし、レイアを見据える。

「なにゆえ嘘だと？」

「女の勘、です」

「ほっ、ほほほほほっ！　人形風情が女を名乗るか――面白い」

「ええ、私は確かにマスターの人形……マスターがお人形遊びをしたいと言うのなら喜んでそうしましょう」

「あの可愛らしい主人は見かけによらずそういう趣味があるのだの」

「あってほしかったのですが――それはともかくとして、あなたは望んでここに来ていますね」

「おお、その話か。根拠はあるのか？」

「それはもちろん。この結界が答えですよ」

「結界？　ただの結界だろうて」

リーザルはとぼけたように周囲を見回す。

だが、ただの結界というにはあまりに異質。

レイアはその本質に気付いていた。

「私もこういうタイプの結界を作れる知り合いがいまして……結界にはいくつか種類があると聞きます。出さないだけならばこのような結界を張る必要はないと考えています」

「なるほどの、別の目的があると」

「はい、その通りです」

「随分とあやふやだの」

「ですが、間違っていないでしょう。それに、結界に入った時点でしっかりと感じていますよ。あなたの――尋常ではない悪意を」

「ほ、ほほほ――かかかかっ！　別に隠すつもりもなかったがの。なぁに、せっかくこうやってきたのなら、いくつかわしも『素材』集めをしたかっただけだ」

リーザルもまた『素材』という言葉を口にする。

ブレインは魔導人形を作るために、ここに来ていた。

リーザルもまた、別の何かを作るという事だろう。

リーザルの周囲に、いくつも魔法陣が出現する。

「見ての通り、わしは《変質》を研究していての。この空間もそのためだ。そして、作り出すのはこの世ならざる生物——」

ずるりと、黒い影のようなモノが現れる。

人の形のような、動物の形のような——それぞれ原形はあれども留めていない。

そんな化物が次々と現れた。

「いずれは《黒竜》に匹敵するものを作りたいとは思っておる。だから、わざわざ生かしておかんでもいい中の奴らを殺さないようにしておる」

「なるほど——その素材にするためですか」

「その通り。お前も魔導人形ではあるが……その感情。もはや人間に近いものと言える。ほほほっ、興味があるの。お前にあるそれは、《魂》は人間と同等かの」

「魂、ですか。そんなものに私は興味ありませんが、理解はしています。それがあるからこそ、人は人でいられるのですから。そうですね、アルフレッドさん」

レイアがそう問いかけると、地面がずるりと黒く塗りつぶされる。

穴が一つ現れると、そこから出てきたのは一人の騎士——ガシャンッと金属音を鳴らしながら、首のない騎士が現れた。

「オオオオオオォォ……」

「これは、これは良い——不気味な騎士だの」

「アルフレッドさんを見ても動揺しませんか。やはり、あなたの方が危険ですね」

「危険だなどと……わしは見ての通りの老体。戦いも、こいつらに任せて何もできんよ」

そう言いながらも、リーザルは皺の寄った顔でにやりと笑う。

リーザルの言葉を聞いてか、黒い化物達はうねりながらレイアとアルフレッドの方を見た。

レイアはそれに動じる事はない。

アルフレッドの隣に立ち、その身体に触れた。

騎士――アルフレッドはその指示を待つ。

「アルフレッドさん、この前は面白くもないお仕事をさせてしまいましたね。でも、今回は許可も得ています。あなたの恨みを解放しましょう。あなたが殺された無念を、何の関係もない目の前の奴らにぶつけてください。ふふっ、人はそれを――八つ当たりと言うのでしょうね」

「オオオォォォォッ！」

レイアの言葉に呼応するように、アルフレッドは叫んだ。

怒りと憎しみ――むき出しにした感情と共に、首のない騎士は動き出す。

地面を踏み締めると同時に、ガシャンという金属音が響く。

その一歩によって、石造りの地面はひび割れる。

リーザルの召喚した《異形》達はそれにいち早く反応した。

数種類以上の異形はそれぞれ人間や動物の姿をしている。

蛇の異形が地面を這うようにアルフレッドへと近づく。

アルフレッドの足元へと近づき、その動きを止めようと絡みつく。

蛇は尾の部分を地面に突き刺すと、ギリギリとアルフレッドの足を締め上げる。

レイアはその様子を後方から確認する。

鎧の上からでも分かる——金属の悲鳴を上げるような音が響く。

「オオオオォォ……」

ガシャンッ——アルフレッドは意に介さず一歩を踏み出した。

「キシュッ」

空気の抜けるような音が聞こえる。

アルフレッドはただ歩くだけで、それを引き千切ったのだ。

「ほほほっ、この程度では止まらんか」

リーザルが余裕の笑みを浮かべ、次の指示を出す。

次に出てきたのは人形の異形だった。

アルフレッドを超える巨躯で、止まる事のないアルフレッドの前に立つ。

さらに左右から二体——角の生えた馬と、狼の姿をした異形がアルフレッドに迫る。

「オオオォォ」

アルフレッドは左右を向くような仕草を見せる事もない。

迫る角を握ったかと思えば、そのままの勢いで狼の方に投げ飛ばす。

ぶつかり合った異形達はグシャリと原形をとどめることなく潰れた。

その一瞬の隙をついて、アルフレッドの前に立つ人の異形は拳を振りかぶる。

アルフレッドの腹部に強烈な一撃が入る。

ズンッとわずかに後方へ滑るが、アルフレッドは踏みとどまる。

異形の大きな腕をアルフレッドが握りしめると、右手に持った剣を振るった。

「ぬっ!?」

リーザルが驚きの声を上げて、後方へと跳ぶ。

アルフレッドが剣を振るうと同時に、人形の異形は吹き飛んだ。

黒い靄のような魔力の塊が直進する。

それは他の異形達も飲み込んで、その存在を消し飛ばす。

「ふふっ、いつ見ても素晴らしいですね。アルフレッドさんはお掃除が得意なので助かります」

「ほっ、これは驚いたの。魔力の質が濃すぎるのか」

「見ただけでそれを理解しますか」

アルフレッドが振るったのは純粋な魔力――身体を流れるそれを使用して魔法とする。

今で言えば魔法陣を介す事で魔法を発動させる事になるのだが、アルフレッドが使ったのは魔力そのものを飛ばしただけのものだ。

アルフレッドの魔力はその質が濃すぎるために、触れたものを飲み込んでしまう。

一種の《固有魔法》とも呼べる代物だった。

アルフレッドは再び一歩前に踏み出す。

その瞬間、先ほど潰されたと思われた二体の異形に変化が起こる。

狼のような姿で角を生やし、アルフレッドの後方から迫った。

「オオオオォォ」

「——かかか、油断したの」

その角は背中から、アルフレッドの胸を貫く。

角は即座に先端が開き、返しを作り出す。

狼はそのままアルフレッドの身体を持ち上げて、大きく振りまわし始めた。

「——」

ドォン、ドォンと地面に叩きつけられるアルフレッド。

ボロ雑巾でも振りまわすかのように、鎧の騎士を軽々と持ち上げる。

叩きつけられるたびに地面が抉れ、鈍い金属音が周囲に響く。

あらぬ方向へと身体の関節が曲がっているように見えた。

だが、レイアは表情を変える事なく、その様子を静かに見守る。

「ほほほっ、お前は動かんのか？」

「今はアルフレッドさんにお任せしているので」

「そうか。だが、傍観しているつもりのお前に手を出さないわけもないの」

「！」

その言葉と同時に、地面から二本の黒いロープのようなものがレイアの足を掴む。

それは、先ほどアルフレッドが引き千切った蛇の尾だった。

ギリリとレイアの足を強く締め付ける。

「何故でしょう。あなた達は女性を締め上げる事が趣味なのですか？」

「ほほほっ、ブレインにもやられたかの？　あやつは人の苦しむ姿を見るのが好きらしいからの」

「あなたは違うと？」

「面白い――苦しむ姿に興味はないの。ただ、わしのためになってくれればよい」

「……下衆ばかりですね、《黒印魔導会》は」

「かかかっ、否定はできん！　人形のお前は苦しむのかの？　それとも、その偽りの命を終えるまで澄ました顔でいられるのかの？」

ドプンッと水の中から出てくるように、レイアの周囲に次々と異形が生み出される。

レイアはそれでも慌てる様子はない。

「アルフレッドさん」

レイアはその名を呼ぶ。

だが、その姿はすでにここにはなかった。

振り回されたアルフレッドは、すでに数十以上の異形達に飲み込まれていた。

「これで終わりだの。いやはや、それなりに強いとは思っておったが――蓋を開けて見ればなんて事のない。所詮はたかがアンデッドと人形だけ」

「……先ほどから人形、人形とうるさいですね」

「む？　人形と呼ばれるのは不快か？」

「ええ、あなたに呼ばれるのは特に」

「かかかっ、それならばいくらでも呼んでやろう。人形のお嬢さんや……人の真似をしたところで、お前はどうせ人形なのだからの。偽物は所詮、偽物じゃ」

「……もちろん、そんな事は知っていますよ。でも、私はそれでいいんです」

「なに？」

「だって、そうでしょう？　私がただの人だったら、この状況に恐怖してしまうかもしれないですから」

レイアにもその感情がどういうものかは理解できる。

フエンに危機が迫れば、レイアはそういう気持ちを感じる事ができるのだから。

けれど、自身に迫る危機についてレイアはそういう感情を抱かない。

そういう意味では、リーザルの人形という言葉は正しいのだろう。

「まあ元より、この状況では恐怖できませんが」

「ほほほっ、随分と余裕だの。お前の仲間はすでにいないというのに」

「いない？　何を言っているのですか──」

レイアはここでようやく笑顔を見せた。

その表情を見て、逆にリーザルから笑みが消えた。

アルフレッドには異形達が群がり、黒いドームが形成され始めている。

あの中でアルフレッドは切り裂かれ、貫かれ、焼かれ──異形達がそれぞれ持つ能力を受け続けているはずだった。

およそ人間では耐えられないもの──だが、アルフレッドは人間ではない。

「オオオオォォォ……」

「！　この声は……」

ずるりと、一本の剣がドームの中から出現した。

ドームの整い始めていた形が一気に崩れ、ボコボコと異様な膨らみを見せ始める。

バシュンという大きな音を立てて空気のように吹き出すのはアルフレッドの魔力。

剣先はゆっくりとドームを縦に斬っていく。

首のない騎士は──何事もなかったかのように再び動き出した。

「ほっ、ほほ……これは恐ろしい──驚いたの」

「ふふっ、本音が漏れていますよ」

「……集束せよ」

リーザルがそう言うと、レイアの周囲にいた異形からドーム状になっていた異形――さらに、周囲に展開して様子をうかがっていた異形達まで集まっていく。

集まったそれはスライムのようで、液化した身体が音を立てて混ざっていく。

十数体にも及ぶそれが混ざり合い、一つの存在としてそこに現れる。

「黒い騎士――アルフレッドさんの真似事ですか？」

「ほほほっ、言うたではないか。わしは変質の魔法を扱う。そこのデュラハンを取り込んだ時、およその力は把握した。それを倒せるレベルのものを作り出しただけだの」

アルフレッドと同じような姿をした鎧の騎士――先ほどまでの異形達よりも姿を成しているが、それでも変わりはない。

異形の騎士はアルフレッドと向き合う。

大きな違いがあるとすれば、異形の騎士は首より上を持つという事。

その騎士に対しても、アルフレッドは動きを止める事はない。

ガシャンッと大きな金属の音を立てて、前に出る。

異形の騎士もまた、アルフレッドの方に向かう。

「騎士と騎士、一対一の戦いだの」

「一対一、ですか。あなたは十数体にも及ぶ異形を混ぜ合わせたではありませんか」

「ほほほっ、それを卑怯とは言わぬだろう？」

「ええ、もちろん言いませんよ。ただ、一つだけ――傍観しているつもりのあなたに手を出さないわけもないのですが」

「何――」

リーザルが周囲を警戒する。

だが、何か起こる様子もなく、レイアの方にも動きはない。

それはそうだ――レイアが何かするわけではない。

「がっ……ば、馬鹿な」

リーザルの身体を貫いたのは、黒い槍だった。

否、正確に言えば槍ではなく銛だった。

棒状のそれに、ロープのようなものが伸びてアルフレッドにまで続いている。

アルフレッドが自身の持つ魔力を練り上げて、擬似的な武器を作り出したのだ。

機動力がない――そう思わせるアルフレッドの動きが油断を生んだのだ。

地面をしっかりと踏みしめ、アルフレッドがロープを引く。

「アルフレッドさんが初めから見ていたのはあなただけですよ。一度ターゲットにした相手を永遠に追い続ける妄執が彼にはあるのです。首から上がないので、誰を見ているか分かりにくいのですが」

「オオオオオォォ……」

「が、ふ、ま、まだ……」

身体を引きずられながらも、リーザルが異形に指示を出す。

異形は手に持った剣でアルフレッドの引くロープを切断するが、アルフレッドはそれを一瞬で繋ぎ合わせる。

魔力でできたロープだ――切断したところですぐに繋ぎ合わせる事は容易だった。

異形の騎士はすぐにアルフレッドを斬ろうとそちらに向き直る。

――先に動いていたのは、レイアの方だった。

「偽物は所詮、偽物……まったくその通りだと思いますよ」

レイアは剣を振りかぶろうとした異形の騎士の前に降り立つと、その腹部に手を触れた。

レイアの手から魔法陣が出現すると、異形の騎士の動きが止まる。

「一ヶ所に集めたのが仇になりましたね――動きを止めるのが楽で助かります」

「に、人形風情が……このわしを……！」

「ふふっ、まだ私の事をそう言うのはその口ですか？　でも、いいですよ。最後くらいは、好きな事を言わせてあげます。私はこう見えて――いえ、見ての通り慈悲深いんですよ」

笑みを浮かべて、リーザルを見下ろすレイア。

その表情は、とてもフエンに見せられるものではなかった。

リーザルにはもはや余裕などない。

身体を貫かれたまま、ずるりずるりとアルフレッドの方へと引かれていく。

いくら抵抗しようとも、アルフレッドは一度捕えた相手を逃がす事はない。

「あ、ああ……こ、こんなところで、わしは、わしは……！　やめろ、わしはまだ死ねぬのだぁ！」

「あなたはこういう状況で恐怖できるのですね。意外と人間らしい」

レイアがそう言うと同時に、アルフレッドの剣が振り下ろされた。

斬って捨てるというような生易しいものではなく、捻り潰すというような表現の方が正しい。

アルフレッドは剣を振り下ろしたというのに、地面を抉るような魔力によって——リーザルを跡形もなく吹き飛ばした。

主を失った異形の騎士は、徐々に身体が崩れていく。

「アルフレッドさん、こちらもお願いします」

レイアは異形の騎士を拘束していた魔法を解く。

それと同時に異形の騎士は動き出すが、レイアはもう興味を失っていた。

殺すべき相手を殺した——後はフエンのところへ戻るだけ。

周囲の結界も徐々に崩壊が始まっている。

レイアは駆け足で屋上からフエンのいる方向へと向かった。

＊＊＊

振り下ろされた斧に向かって、ヤーサンは飛び立った。

丸い身体は斧に触れると同時に、メリッという鈍い音を立ててへこむ。

そして、力任せに振られた斧によって、ヤーサンは後方へと吹き飛ばされた。

そのまま地面を何度も跳ねながら飛ばされていく。

僕は慌ててヤーサンの下へと駆け寄る。

「だ、大丈夫!?」

ボールに縦の割れ目ができてしまったような――嘴すらも中にめり込んでしまっている状態だったが、

「かぁー」

鳴き声と同時に、ポインッと柔らかそうな音を立ててヤーサンが元に戻る。

嘴から衝突したように見えたが、どうやら傷ついているところはないようだ。

一先ずはホッと胸を撫で下ろす。

「怪我はない、みたいだね」

「かぁー」

「何言ってるか分からないけど、勝手に飛びだしたらダメだよ」

「かぁー！」

相変わらず何を言っているか本当に分からないけれど、手に持ったヤーサンはパタパタと羽を動かす。

「あはっ、それがあなたのペットなわけ？　手応えはあったのに、随分と頑丈なのね」

「怪我はなかったから良かったものの――もし何かあったら、君はもうここにはいないよ」

ヤーサンをそっと地面に置いて、女性に再び向き合う。

僕にも、仲間をやられて怒るという気持ちはきちんとあるみたいだ。

「ふふっ、いい目をするのね。女の子みたいな見た目してる割に」

「それは関係ないよね？」

「あはっ、可愛い見た目で強い子は大好きよ、私」

「僕は君みたいな人はタイプじゃない」

「あら、嫌われちゃった」

「君は、《黒印魔導会》の人間なんだよね？」

「隠す事でもないから答えるけど、そうよ。ああ、名乗ってなかったわ。私はザイシャ――言う通り、黒印魔導会の魔導師。ま、ブレインの事できたって知ってるんだから、分かってるわよね」

彼女――ザイシャの言う通りだ。

そもそも、ザイシャは黒印魔導会であるという事を隠そうともしていない。

レイア曰く、かつての《七星魔導》の一人であるコクウが作り出した組織。

その目的は《黒竜》の復活だというけれど、ブレインやザイシャからその目的を達成しようという感じは伝わってこない。

……何と言うか、無駄な行動が多い。

「君達の目的は《黒竜》の復活、という事でいいのかな？」

「黒竜？　あー、私はそれあんま興味ない」

「え？」

「あ、嘘。興味はあるよ。どれくらい強いのかって。復活したらぶっ殺すし、そのために協力はしてる」

「……そういう感じか」

ザイシャは黒印魔導会に所属しているけれど、単純に黒竜が復活したら戦ってみたいという戦闘狂の発想で所属しているだけのようだ。

黒印魔導会の目的が黒竜の復活というところに間違いはないのだけれど、ザイシャの目的はあくまで戦い――つまり、ブレインを倒した僕が結局のところ目的になってしまう。

黒印魔導会として動いているのではなく、ほぼ個人としてここにやってきているわけだ。

ブレインの事もそうだけれど、組織として動いてきているわけではないのならそこまで危惧するような話ではない。

　――ここで始末をつければおしまいだ。

「聞きたい事が他にもないわけじゃないけれど、中の人達も心配だからね」

「あはっ、誰も殺してないって。ただ骨が折れたり腕が飛びそうになったりした人はいるけど」

　軽い口調でそう言うザイシャだが、十分に重傷だ。

　少なくともこの状況を急ぎ打破する必要はある。

　ザイシャは再び斧を構えるが、ふと上の方から感じた魔力に意識が逸れた。

「！　向こうも始まったみたいだけど……強そうな奴が他にもいるのね。ひょっとして、あなたより強い？」

「どうかな。一応、僕が一番強いと思うけど」

「あはは、大層な自信ね。でも、自信家も嫌いじゃないわ。そういう子をいじめるのって楽しいと思わない？」

　ザイシャが斧を振るう。

　ブゥン、と風を切る音と共に、斧を地面に下ろすと大地が割れた。

　常時全身に高い魔力を纏っているような状態を続けているザイシャは、近接戦闘型の魔導師と言えるだろう。

　自身の肉体を強化する事であの大きな斧を振り回しているのだ。

この時代において、彼女は相当な実力者に値するのかもしれない。

それでも——僕が負ける事はないのだけれど。

「そろそろ続けてもいい？　まだあなたの実力が見れてないんだけど」

「うん。気付けなかったのなら、君はその程度の実力しかないって事だ」

「……!?」

僕の言葉を聞いて、ザイシャはすぐに察したらしい。

斧を構えるが、もう遅い。

そもそも、物理攻撃で防げる類のものではない。

「あはっ、いつの間にか囲まれてる」

ザイシャが笑いながらそう言った。

ザイシャの周囲には、いくつもの魔法陣が浮かび上がっている。

当然、これらは僕が用意したものだ。

「魔法陣を展開させるまでの時間にはそれなりに自信があってね。それを気付かせないようにする技術も」

「それでブレインも殺ったの？」

「殺ってないって。でも、ブレインも反応はできてなかったよ」

呪いの方にも気付いていなかった。

この感じだと、ザイシャもブレインと実力差がそこまであるようには思えない。

「……ギルドで聞いたわ。フェン、あなたはEランクの冒険者だっていうのに、相当な実力者の魔物使いだって。けれど、あなたは自分で自分を一番強いと言ったわ。あなた、魔物使いでも何でもないのよね？」

「君の質問に答える義務はないよ」

「フェンっていう名前、フエンにそっくりよね。たまたまそう名乗ったの？」

「……それを聞いてどうするのさ」

「あはっ、フエン・アステーナ。あなたがそうだとしたら、これほど楽しい事はないじゃない!?　だって、《魔導王》と殺し合えるんだから――」

ザイシャが斧を振るい、周囲の魔法陣を破壊する。

魔力を乗せた一撃は、展開した魔法陣を破壊する事ができるのだ。

けれど、僕は破壊された魔法陣を即座に展開し直した。

ザイシャが目を見開く。

そのとき、展開した魔法陣が輝きを増した。

「貫け、削れ、針のように――《針岩槍》」

「ぐっ」

ズンッとザイシャの身体を、鋭く尖った岩が貫く。

肩の部分と、腿の部分めがけて放ったものだ。

ザイシャが膝をつく。

それでも、再び斧を振るおうと立ち上がる――

「く、あああっ！」

両足に対して、針状の岩を放つ。

ザイシャの足を貫くと、がくりと再び膝をついた。

僕は見下ろすように、ザイシャの前に立つ。

「僕と殺し合えるレベルにないよ、君は」

「あ、はっ。いい、いいわ。あなたが……あなたが魔導王なのね」

「僕がそう名乗ったわけじゃないけど……それに、そんな風に名乗るような人間でもないし」

「あはははっ、謙虚な子。面白いわ――でも、関係ない」

足を貫かれているにも拘らず、ザイシャは斧を手に持って再び立ち上がろうとする。

ミシリッ、ミシリッと嫌な音が周囲に響く。

僕はザイシャの方を静かに見る。

戦いにすらなっていないというのに、ザイシャは本当に楽しそうな表情をしていた。

「私は殺し合いを楽しみたいの。ねえ、フエン。あなただってそうでしょ？　それだけの強さがあって、戦いが楽しくないわけないものね！」

「楽しくはないよ」

「そう？　それはもったいない――ね！」

ザイシャの握った斧が振動する。

バキリとザイシャの身体を貫いていた岩が砕け散った。

僕は再びザイシャめがけて魔法を発動させようとするが、それ以上に速くザイシャが動く。

距離にして二メートル圏内――斧による攻撃が丁度届く距離だ。

「っ！」

僕は咄嗟に防御魔法を展開する。

ザイシャと僕の間に岩の壁が出現し、ザイシャが後方へと跳ぶ。

出血は多量にしているが、その動きが鈍ったようには見えない。

むしろ加速している――戦いの中で、ザイシャは興奮すればするほど強くなるタイプのようだ。

「あー、痛いけど痛くない。こんな怪我したの久しぶり」

「無理はしない方がいいよ」

「あら、心配してくれるの？」

「してはいないけど、このまま引き下がるというのなら見逃しても――」

「あはっ、冗談言わないで。こんなに楽しいのにさぁ」

だよね、と僕は小さくため息をつく。

少なくともザイシャが撤退するという選択はないだろう。

「見逃すって言うけど、あなたの狙いは分かるわ。黒印魔導会の拠点――そこに私が行くと思ってるんでしょ？　ついでに全部潰そうって魂胆？」

「潰すとかそういう物騒な話はしてないけどね」

確かに本拠地とか分かれば今後の行動も楽になるかな、とは思っていたけれど。

「やる気がないなら、出るように中にいる人殺してもいいけど」

「そんな事しなくても、やるよ。君は放っておくと面倒そうだし」

「あはっ、それが正解。次は本気でやってよ」

ザイシャがそう言って斧を構える。

僕が本気ではないという事はばれているようだった。

そもそも本気でやるとなると、すぐ近くに人がいるというのが少しネックだった。

それを踏まえた上での本気というのならやり方はあるのだけれど。

次の一撃で終わらせる――そのつもりだけれど、彼女はそうは思っていないようだ。

「さあ、もっともっともっともっと楽しみましょう！」

ザイシャがそう言い放つと同時に、地面を蹴る。

今度は僕もそれに合わせて動いた。

距離のあるところでは、ザイシャはかわすだろう。

だから、近づいて確実に仕留める。

だが、斧の射程になったところで、ザイシャが斧を振りかぶった。

防御するか回避するか――いずれにせよカウンターで決める。

そう思ったとき、僕の頭の上を何かが蹴った。

「かぁー！」

「え、ヤーサン!?」

まさかの本日二度目――振り下ろされようとする斧にヤーサンが向かっていったのだ。

ザイシャもヤーサンに気付いたようだが、斧を止める様子はない。

今度は僕ごと斬るつもりなのだろう。

「邪魔ぁ！」

「かぁ！」

ヤーサンが小さく鳴く。

その瞬間、ヤーサンの身体が変化した。

斧を丸ごと飲み込めるようなサイズになって、嘴で斧を丸ごと挟み込む。

「なっ!?」

「ええええっ!?」

ザイシャが驚いた表情でそれを見た。

僕もそれ以上に驚く。

ヤーサンのサイズの変化——思えば、坑道でも随分と大きな音を立てていた。

ヤーサンも伝説の魔物だ。

大きさが変わるくらい不思議な事ではない。

「こ、の！」

「かぁー」

ザイシャの動きが完全に止まる。

一瞬慌てたけれど、僕のする事は変わらない。

ヤーサンの作ってくれた隙を突いて——生成した岩の槍でザイシャを貫いた。

「か、はぁ……あー、これが私の終わり？」

ザイシャが吐血しながら、確認するように言う。

「……そうみたいだね」

「呆気、ないものね。あなたを、殺したかったわ」

「なにその告白……」

「あはっ——」

最後までザイシャは楽しそうに笑う。

そして、斧から手を離した。

ズルリとザイシャの胸から岩の槍を抜き取った。

斧は——そのままヤーサンがボリボリと食べ始めた。

「え、えっと……突っ込みたいところではあるけど。とりあえず、ありがとう」

「かぁー」

ヤーサンのおかげで楽に勝てたのは事実だ。

礼を言うのは当然の事だと思う。

僕は倒れたザイシャの方を見る。

「僕もいっそ、君みたいに戦いを楽しめたらよかったかもしれないね」

何となくだけれど、そんな風に思った事を口にした。

もう、答えが返ってくる事はないのだけれど。

一先ず、ザイシャの方は倒した。

けれど、結界の方はまだ崩れていない。

やはり、レイアが向かった方にいる魔導師が結界の主なのだろう。

そうなると、レイアの方が心配だ。

僕は駆け足で屋上の方へ向かう。

地面を蹴って跳躍すると同時に——飛び降りてくるレイアと目が合った。

「えっ」

「あ、マス――」

レイアに空中で押し潰されるような形で、僕は地面に落下する羽目になったのだった。

落下と同時に、背中に感じたのはふんわりとした柔らかい感覚だった。

レイアとぶつかって落下した――そのはずなのに、視界は暗く何も見えない。

背中のふわふわはどうやらヤーサンらしい。

「かぁー」という鳴き声が耳に届く。

少し大き目のサイズになっているようだった。

「ご無事ですか、マスター」

「うん、大丈夫。レイアは？」

「はい、この通りです」

「うん、いや、無事ならいいんだけど……」

ぐっと手に力を入れても動かない。

明らかに手を何かで押さえつけられているような感じだった。

「あの、レイア」

「はい、何でしょうか」

「勘違いだったら悪いんだけど、僕の上に乗ってる？」

「一応上にはいる形になりますが」

「そうだよね。いや、何か暗くて見えないからさ」

「……見たいですか？」

「見たい？　それってどういう事？」

「こういう事です」

レイアの言葉と同時に視界に光が入ってきた。

僕の視界が最初に捉えたのは——黒い下着だった。

「……マスターのえっち」

「色々とおかしいよね!?」

スカートをたくし上げる格好で恥ずかしそうに僕を見下ろしているレイアだが、そもそも空中から落下する事故からここまで繋げる技術力がすごすぎる。

僕の手を膝で押さえるようにしていたのだ。

「勘違いされているようですが、これはあくまで不慮の事故でして……」

「事故だったら飛び退くとか色々あるよ！　完全に故意だよね!?」

「こ、恋ですか？　マスターは私に恋をしていると——」

「言葉が違うよ！　それにこの状態で生まれる恋はろくなものじゃないね！」

レイアの下着を見せつけられる格好のまま言い合っていると、空からさらに鎧の騎士が降りてくるのが見える。

すぐ傍にガシャンッという音と共に降り立ったのは、アルフレッドさんだった。

「アルフレッドさん、お仕事が早くて助かります」

「……」

レイアの言葉に対し、アルフレッドさんは最初に会った時のような金属音では返答しない。

静かに僕とレイアの動向を見守るような姿になっていた。

——というか、この状態を見られるというのがそもそも問題だった。

「こ、これは違うんだ……！」

「マスター、アルフレッドさんはデュラハンなのでどういう状態かまで詳しくは見えてないんですよ」

「あ、そうなの？」

「はい。アルフレッドさんから見ても、私がマスターの上に乗っているようにしか見えないと思います。だから、私がマスターの上にその……またがって下着を見せているところはアルフレッドさんには見えないんですよ」

「またがって下着を見せてるって認めたよね!?　しかも口にしたし！」

アルフレッドさんには見えていないという唯一の救いが何の意味も果たさなかった。

ちらりとアルフレッドさんの方を見ると、スッと左手を頭の方に動かして、視界を隠すような格好を取る。

「え、えっと……？」

「『私は何も見ておりませんゆえ』、とアルフレッドさんは言っています」

「き、気を遣わないで！　勘違いだからね！」

「勘違いだなんて……！」

「嫌なら退いてほしいんだけど！」

その時、パキリッと周辺で何かが砕けるような音がする。

レイアがここにいる時点で分かっていたが、すでに結界の主を倒しているのだろう。

そうなれば、自然と結界が崩壊していくのは必然だった。

けれど、その前に僕もやらなければならない事がある。

「中の人達が無事かどうか見ないとダメだから！」

「アルフレッドさんが確認しています。魂のない身体は存在しないそうですよ」

「オオオオォォ」

レイアの言葉に対し、身体を揺らして肯定するアルフレッドさん。

僕としては真面目な方に話題を移して自然な流れで退いてもらうつもりだったのだけれど。

「いや、本当に。このままだと誰かに見られるから。アルフレッドさんとか一緒にいるところ見られるとやばいよ！」

「……」

「あ、そ、そういう感じの意味じゃなくてね！」

「大丈夫ですよ、アルフレッドさんも理解しています。アルフレッドさん、ありがとうございました」

「オオオオオオオォォォ……」

レイアの言葉に従うように、アルフレッドさんは地面に剣を突き刺した。

すると、周囲に黒い泥のようなものが出現し、その中にアルフレッドさんの身体が吸い込まれていく。

レイアに押さえつけられたまま消えていくアルフレッドさんを見送るのはシュールだった。

「これで邪魔者はいなくなりましたね」

「これから色んな人に見られるかもしれないんだけど!?」

「マスター」

「な、なに？」

「既成事実という言葉をご存知ですか？」

「僕がレイアの下着を見ているという事実がどこに必要なのか説明してもらえるかな!?」

「わ、私の口から言わせるんですか？」

「恥ずかしがるくらいならさっさと退いてってば！」

「かぁー」

さりげなく僕とレイアの下で支えてくれているヤーサンがまた、呆れたように鳴く。

結局、ギルドや崩壊した結界の外から人が出てくる前に、ヤーサンが身体を横に倒してくれた事でレイアの拘束から逃げられた。

ギルド内にいた冒険者達はザイシャに抵抗したのか、重傷の者もいた。

けれど、ザイシャの言った通り殺された者は一人もいない。

フィナも怪我はしていたけれど無事だった。

レイア曰く、レイアの戦った男――リーザルという老人が、冒険者達を使って《異形》を生み出そうとしていたためらしい。

ある意味、不幸中の幸いとも言える事だった。

短い期間で《黒印魔導会》に所属する三人の魔導師と悶着を起こしてしまう事になったけれど、一先ずは退ける事に成功した。

ただ、僕としても危惧している事は、最初のブレインの時のように再び嗅ぎつけてそのメンバーがやってくる可能性だった。

この問題もあったから、飲み会に参加するために来たわけだけど――結局状況の説明やら何やらで、僕の一日は終わった。

＊＊＊

数日後――僕はギルド内で二枚の手紙を受け取り、それを見つめていた。

怪我をした冒険者達の多くは回復し、今日は改めて飲み会をしようという日だったわけだ。

腕の立つ冒険者もいる場所を軽く制圧し、支配した《黒印魔導会》の魔導師――そのうちの三人を全て僕が倒したという事実はすでに広まっているわけで。

「おめでとうございます、マスター」

「あ、ありがとう?」

一枚目の手紙に書かれていたのは、冒険者ギルドからの感謝状。

それと特別昇格という事で、僕は冒険者として少ない実績ながらも二階級特進――まるで死んだ扱いのようにCランクの冒険者となっていた。

そして、もう一枚は現《魔導協会》からの魔導師としての僕の勧誘。

手紙に書かれているところを見ると、黒印魔導会に所属している魔導師はほとんどが犯罪者として扱われており、それを退けたという実績は非常に高く評価しているとの事だった。

一度魔導協会の本部まで来るようにという催促までついている。

「……なんて言うか、うん。複雑だよね」

「私は五百年後の世界でもマスターの実力が認められていく事は非常に嬉しく感じておりますが」

「まあ、僕も褒められる事は嫌いじゃないよ。けど、これだとまた利権争いやら何やらに巻き込まれそうな気がして……」

「嫌なら行かなければいいんです」

「あっ」

レイアはそう言うと、僕宛ての魔導協会の手紙を取った。

「マスターはお人好しですね。別に冒険者として生きていかなくても私が養いますし、魔導協会の話だって無視でいいんですよ」

「いや、そんな養われて生きていきたいわけでもないし……魔導協会も今どうなっているか興味がないわけじゃないよ」

「……そう、ですか。でも、今日は飲み会に参加しにきたわけですから、魔導協会の事は忘れましょう」

「いや、でも……」

「仕方ないですね。ですが、この手紙は言わば招待状——これがほしければ私から手紙を奪うしかないですね」

そう言って、レイアは手紙を懐に入れた。

文字通り、本当に懐に入れていた。

「いや地肌に入れる必要性はないよね！」

「手紙が見たければ私の胸に手を突っ込むしかないわけですね」

「ずっと入れておくつもりなの!?」

「私の裸を平気で触れるマスターなら大丈夫ですよね」

「色々と語弊があるよ！　検査で触るのと普通に触るのは違うから！」

「！　そ、そう聞くと何かアダルトな雰囲気を感じますね……」

「どこに!?」

「あ、やっぱりここにいたのね」

僕とレイアがそんな風なやり取りをしていると、フィナが他の冒険者達を連れてやってきた。

飲み会の時間にはまだ早いはずだが――すでに何人かは酒瓶を持っている。

黒印魔導会との戦いもあって、正直僕の事は敬遠されるかもと思っていたけれど――まったくそんな事はなかった。

「おう、フェン！　来ていたなら酒場の方に来いよ。もう飲み始めてるぜ」

「え、早くない？　夕方からだって聞いてたけど」

「バカ野郎おめぇ……酒を飲むのに早いも遅いもあるか！」

「私も酒場に行ったらこんな感じで……あ、久しぶりにボローズ達も見たんだけど、あなた何かしたの？」

「え、何もしてないよ――ていうか、ボローズって誰だっけ」

僕がそう言うと、冒険者達は顔を見合わせて笑い始める。

「ははは っ、やっぱお前は大物だな！」

「え、いや本当に覚えてないんだけど」

「まあ、そうかもね。一回しか会ってないし。とにかくあなたがいないかどうか確認して回っていたから、顔を出せば分かるんじゃない？」

「そうだね。確認してみないと分からないし」

「そういうわけで、今日は朝まで飲むぞー！」

「え、朝まで!?　それはさすがに――」

「ではマスター、私は朝方迎えに来ますので」

「まさかの了承!?」

朝までの飲み会をレイアが許可してしまったために、僕が朝まで飲む事が決定してしまった。

別に酒に強いという事もないのだけれど……というか朝まで飲みたくはないのだけど。

「レイアさんは来ないの？　良かったら一緒に――」

「お誘いありがとうございます。ですが、今日のところは予定がありますので。ではマスター、また明日に」

「え、レイア？」

レイアはそう言って早々にギルドから出て行ってしまう。

酒瓶を持った冒険者達に囲まれて、僕は完全に逃げ場を失ってしまった。

「じゃあ早速行こうぜ」

「まずは小手調べに樽一本から行くかぁ」

「樽飲める奴なんていないでしょう……いないわよね？」

「レイア！　早く迎えに来てくれてもいいんだよ!?」

レイアにそんな風に頼ったのは初めてかもしれない。

けれど、僕の声はレイアに届かず——結局朝まで飲み明かす事になるのだった。

エピローグ

《ハロルド竜峯跡地》――かつて竜が住んでいたと言われる場所は、未だに言い知れぬ緊張感が残り、ここには好んで魔物も近づいてこない。

ある意味、自然にできた安全地帯と呼べる場所だった。

ただし、同族が来ないとは限らないのだが。

そこの一角――高い崖のある場所に、その施設はあった。

《魔導協会》本部――多くの魔導師達は、この魔導協会に所属している。

五百年以上前から存在する組織の一つだ。

ただ、実力のある魔導師が年々減っていく中で、《黒印魔導会》のような組織が台頭していく事に頭を悩ませていた。

――そんな場所に、レイアはいた。

理由は簡単、手紙を受け取ったはずの冒険者フェンの代理。

ただし、レイアの目的はそこにはない。

「――以上の通り、《魔導王》フエン・アステーナはこの世界において平穏を望まれています」

「……それを信じろというのか？」

ローブを羽織った数人の人影の中心部に、レイアは立つ。

レイアは伝えるべき事は全て伝えた。

フェンという冒険者の正体と、そしてマスターであるフエンの目的を。

否――フエンの目的ではなく、そう思われるようにレイアが話しただけだった。

ここにいるのは、レイアが望む事を達成するためでもある。

「以前からマスター宛てに手紙を送る事があったではないですか。何のために、私がわざわざあなた方のお話を聞いていたと思うのです？」

「しかし、魔導王と呼ばれる男が望む事が、まさかそのような――」

「おかしくなどありませんよ。マスターはそういう方なのです。もちろん、信じないというのならそれで構いません。あなた方はマスターと敵対する方向を取られるというのであればそれでも構いませんが」

「いや、待て。条件は本当にそれだけでいいのか？」

「ええ、もちろん。ただし、この話はこの場限りとさせていただきます。もし、仮にマスターの存在が他に知られるような事があれば――」

レイアの言葉と同時に、暗がりの部屋にいくつかの気配が現れる。

その場にいた魔導師達は、魔導協会を束ねる実力者揃いだ。

その彼らが今になって気付く。

化物達の侵入を許していたという事実に。

赤い瞳、全てを呪ったような声、赤く揺らめくような剣——それぞれがこの場にいる魔導師達全員でかかったとしても倒せるような相手ではないと、即座に理解させる存在だった。

「すぐに返答しろ、とはもちろん言いません。ただ、いいお返事を期待しています」

レイアはくすりと笑って、その場を後にする。

それに追随するように、化物達も姿を消した。

残された魔導師達が再び話を始めるまで、数十分以上の時間を要したのだった。

外に出たレイアは、すぐに待機させていたものを呼ぶ。

「ポチ、帰りますよ」

「わんっ」

ザンッ、と空を裂くようにやってきたのはポチ。

その巨体が一瞬でやってくるのだから、知らない者が見れば恐怖以外の何物でもない。

ハッ、ハッと荒い息遣いのポチをなだめながら、レイアは一人呟く。

「ふふっ、マスターの存在が徐々に知られていく事は本当に喜ばしい事です。けれど、マスターは臆病な性格ですから。また命を狙われるような生活が始まれば、眠りにつく事を選んでしまうかもしれません」

「わぁん？」

「そうですよ、ポチ。だから私達が守るんです。まさか、魔導王としての名前を自衛の手段の一つとして使う事になるとは思いませんでした。本当は、マスターにはこの世界の支配者として君臨していただきたいくらいなのですが……まあ人はすぐに変わらないと言いますからね」

「わんっ」

レイアの言っている事を理解しているのかいないのか——ポチは純粋な声で答える。

レイアはフエンの望む世界を手に入れるために動く。

そう言いながらも、レイアの望むフエンの姿に近づけるために、レイアもまた動いていた。

これも全てはフエンのためになる——そう、疑う余地などない。

「さ、随分と遠くまで来てしまいましたし……明日の朝までにマスターを迎えなければなりません。急ぎましょうか、ポチ」

「わんっ」

今頃、フエンは冒険者達と飲み会に明け暮れている頃だ。

レイアはまだ酔っぱらったフエンを見た事はない。

丸一日飲み明かしたからには、フエンは酔い潰れているかもしれないし、ひょっとしたらレイアの知らないフエンが見られるかもしれない。

「あわよくば私を押し倒してなんて――そんな事、マスターはしませんか……」

「わんっ」

「で、でももしそんな風になったら……ね、念のため準備だけはしておきますか」

「わん？」

「何の準備？」とポチが首をかしげるが、レイアは「知らなくていい事です！」と誤魔化した。

もしかしておいしいご飯の話をしているのかもしれない――そんな風に考えたポチは、今までにない速度でフエンの下へと走ったのだった。

町中に巨大な狼が現れ、酔っぱらったフエンがそれを制する――《魔物使い》としての名を広めてしまう事になるのだが、この時のレイアには思ってもいない事だった。

そんなフエンが、自信を持って魔導王を名乗る日が来る事を、それでもレイアは信じているのだった。

EX．その後の飲み会

「それじゃあ改めて、坑道での魔物の討伐と……」

「まあ大体無事なのを含めて乾杯だ！」

そんな適当な掛け声と共に、「乾杯っ！」という大きな声が酒場に響いた。

まさか真っ昼間から飲むことになるとは、僕も思っていなかったけれど。

大体無事というのは坑道の件だけでなく、《黒印魔導会》が襲ってきた件も含まれている。

簡単に言ってしまえば、坑道の件も今回ギルドで起きた件も全て黒印魔導会が原因だった。

そんな戦いの中に身を置いて生還した――それを祝ってのことだった。

けれど、僕はこういう騒ぐような飲み会に参加したこともない初心者――片隅の方でゆっくりと見ているくらいのつもりだった。

「よう、フェン。全然飲んでないじゃねえか」

「え、今始まったばかりだよ？」

「バカ野郎、乾杯と同時にとりあえずジョッキ一杯飲むくらいが丁度いいんだ」

大柄の冒険者にそう言われて、僕は一先ず笑って誤魔化す。

確かに参加しようとは思っていたけれど、そんなハイペースで飲んだことなどないからだ。

(そもそも飲み会って……王宮とかのは静かだったし……)

そこらの酒場と王宮での酒席を比べてはいけないことは僕にも分かっているけれど、色々と動揺してしまう。

きっとこの辺りは、五百年経ったとか関係ないのだろう。

「こら、無理強いはしない」

「無理強いはしてねえって」

僕に助け船を出してくれたのはフィナだった。

フィナはやはり冒険者としても顔が利くらしい。

フィナのおかげで少しはゆっくりと飲めそうだった。

「ところでフェンはお酒、強い方なの？」

「ん、普通かな」

「そういうタイプが一番飲めたりするのよね」

「そういうものかな。フィナは？」

「私？　私はそんなに強い方じゃないわ」

「あ、そこは認めるんだね」

「もちろん、何かあっても困るし」

フィナの言う何かというのは、この前の事件の事を言っているのかもしれない。

「そんな警戒しなくても大丈夫だと思うけど」

「それは、フェンが守るっていう事？」

「まあ、必要があればね」

「あら、少し前まではそういうの否定するタイプだと思っていたわ」

少し驚いたような表情で言うフィナ。

僕は酒を飲みながら、フィナに答える。

「んくっ、ちょっと前なら確かに言わなかったかもね。心境の変化っていうやつ、かな？」

「へえ、何かあったの？」

「んー、忘れた」

「忘れたって……まあいいわ。それと、ありがとう」

「お礼されるような事したっけ？」

「この前の、フェンがいなかったら私達は助かってなかったから」

「ああ、その事か」

フィナもその時は少し大きな怪我をしたようだったが、こうして無事飲み会に参加できている。

ザイシャの言っていた事は本当で、腕が千切れそう——とまではいかないけれど、しばらく冒険者を休業しなければならない者もいた。

　それだけに、黒印魔導会は今後脅威として警戒されるだろう。

「まあ、あれくらいならね」

「あれくらいって……私は歯が立たなかったわ。やっぱり、冒険者としてまだまだ力不足って認識させられたもの。もっと強くならないと……アイレインは名乗れないわ」

「アイレイン……？　何か聞いた事ある気がするね」

「あ、私の家──というか家系の話。アイレイン家って、聞いた事ない？」

「んー、聞いた事ある、ようなないような……？」

「……だったら少し、話してもいいかな」

「アイレイン家っていうと、貴族か何かなの？」

「貴族……うん、そうだったって言えばわかるかしら。剣の名門だったのだけれど」

「そうなんだ」

　その名前を聞いたことがあるような気もするけれど、頭の中にもやがかかったようで思い出せなかった。

「アイレインの剣に敗北は許されない──昔はそんな風に言われていたらしいの。けれど、絶対に負けないなんて、この世ではあり得ないことよ。あくまでそういう家訓だったらしいのだけれど」

「ふぅん、随分と強気なんだね」

「ええ、でも……強かったのは本当に昔の話。歴代最強と呼ばれたアイレイン家の騎士が敗北して以来――剣の名門と名乗ることはなくなったわ」

「最強の騎士？　そんなのがいたんだ」

僕の問いかけに、こくりとフィナが頷く。

その表情はまた、少しだけ暗かった。

「白銀の鎧に大柄の騎士――当時は目立ったそうよ。だからこそ、こんな後世にも残っているのでしょうね。最後は逃げに逃げての敗死だったと伝わっているわ。そんなに強かった騎士が何故逃げるなんてこと、したんでしょうね……」

「んー、よく分からないね」

「……フェン、ちょっといい？」

「ん？」

フィナがそう言って僕の様子を窺うように見てくる。

僕はフィナの方を見ると、また驚いたような表情をしていた。

「フェン、あなたもう酔ってない？」

「えー、そんな事ないよ？」

僕はいつも通りの僕だ――特に変わるところなんてない。

けれど、いつもより身体が熱い気はした。

（このお酒って何度くらいなんだろう……）

まったく気にしていなかったが、僕は自分で言う通りお酒に関しての強さは普通だ。

決して弱い方ではない――そう思っているけれど、特別強い方ではない。

もちろん、酒の席というのは仕事上必要な事もあるからこなしてきたけれど、強いお酒は避けてきた。

「ふっふっふっ、気付いたようだな」

「な、何かしたの!?」

男の冒険者が何か含み笑いをするように近づいてくる。

その他に何人かの冒険者も笑ってこちらを見ていた。

「今回の実質的な主役はフェンと言っても過言ではない。それはフィナも同意するな？」

「え、ええ」

「だが、そいつはどう見ても酒を楽しんで飲むタイプではない！」

「それは人それぞれでしょう!?」

「僕が酒席を楽しんでいない……？」

突っ込むフィナに対し、僕はいつになく冷静にその言葉を聞いていた。

そして、思った事をそのまま口にする。

「誰が楽しんでないって!?」

バンッと机を叩くと、何故だか遠くの方でビクリと身体を震わせて倒れる者がいた。

それを見て笑っている者が何人かいる。

「あははは っ、ボローズ。なに怯えてるんだ？」

「な、何でもねえ」

ボローズ――先ほど飲み会が始まる前に僕のところへ謝りにきた。

この前は喧嘩を売って本当に申し訳なかった、というのをもっと念入りにして本当に懺悔する感じで。

どういう心変わりか知らないが、数日間であそこまで人が変わるものなんだとある意味感心してしまった。

だからこそ、僕も変わる――

「そう、そうなんだ……楽しめない性格なんだよ、僕は」

そのまま大きなため息をついて席につく。

昔の事を思わず思い出してしまった。

時代で言えば五百年前――こういう席でも命を狙われるようになってからは本当に楽しんだ事はない。

僕の反応を見てか、周囲の冒険者はやや心配するように、

「お、おい大丈夫か……？」

「お前が楽しんでくれねえとよ！」

「そうだそうだ、飲め飲め」

何故だか励まされるような形になっていた。

そして、促されるがままに、酒を飲んでいく。

「ちょ、ちょっと。あまり飲ませ過ぎは……」

「フィナ！　お前もそんな事言ってないで飲めって。今日は朝まで飲む約束だろ!?」

「私は約束していないわ！」

「フィナさぁん……！」

そこへ、フィナの名を呼びながらやってくる少女が一人――ギルドの受付のマリーである。

「この間はありがとうございましたぁ……」

「ちょ、マリー！　あなたも相当飲んでるでしょう!?」

「えへへ、たまにはいいかなって……」

「ほれ、マリーも言ってるんだ。お前も飲め飲め」

「ああもう！　分かったわ！」

フィナも煽られて飲み始める。

セーブ役のフィナまで場の雰囲気に飲み込まれてしまってからは早かった。

お酒を飲むとテンションは上がるもの――僕は最初こそ低めのテンションだったが、だんだんと勢いを増していく。

だんだんと酔いつぶれていく者や、家の者に怒られながら帰っていく者もいたが、日が暮れる頃にはさらに人数が増えて盛り上がりを見せていた。

「じゃあ今から……《失われし大魔法》を使おうと思う！　主に酒場で盛り上がるやつ！」

「おー、いいぞ！」

「大魔法！」

僕は勢いに任せてそんな事を言う。

飲み会が開始されてから数時間が経過していた。

そんな時――

「魔物だぁあああ！」

「んん？　魔物？」

外から聞こえた大きな叫び声に、その場にいた全員が止まる。

唯一フィナだけやや冷静な声で、

「ま、魔物ぉ？　マリー、ちょっと離れてぇ」

「えへへ、フィナさんありがとうございましゅ……」

声は冷静だけれどへべれけだった。

そして、僕はフィナの代わりに声を上げる。

「よし、ぶっ倒す！」

「よっしゃあああ！」

「大魔法！　大魔法！」

もはや勢いにだけ任せて、僕に続いて冒険者達数人が飛び出していく。

まだ飲み始めたばかりの冒険者達は、

「お、おいおい大丈夫なのか？」

「とりあえず見に行くぞ！」

そんな風に冷静に話している声が聞こえる。

勢いと共に冒険者達の前に現れたのは——真っ白い巨大な狼だった。

「ハッ、ハッ」

「………………」

冒険者達はその狼を見て、沈黙する。

「ポ、ポチ！　町の中で止まれとは言っていませんよ——って、マ、マスター!?」

「あれ、ポチ？」

「に、逃げろーっ！」

その真っ白い狼であるポチを目にして、酔っぱらった冒険者達は一斉に引いていく。

一方、僕はポチの前に立ったまま動かずにいた。

「わんっ」

「迎えに来てくれたの？　ありがとうね」

「わんっ」

「ふわふわするなぁ……」

「マ、マスター……!?　これはその、ですね……」

「レイアも、ありがとう」

「ふぇ、マスター!?」

優しくレイアの頭を撫でてやる。

お酒の勢いというものは凄いもので、普段ならできないだろう、という事も平気でできてしまうのだ。

実際、普段ならできない事もすぐに行動できてしまう。

「君がいてくれて本当に助かってるよ」

「そ、そんな、当然の事をしているだけ――はっ、マスターまさか酔っぱらっているのでは？」

「うん、何か問題が？」

「！　っ、強い……！」

何を基準にそう言っているのか分からないけれど、レイアにとって今の僕は強いらしい。

周囲の人々は先ほどまでの勢いをなくして様子を見ているが、僕を前にしてポチはゴロンと地面

に転がる仕草を見せてゆっくりとしている。

「な、ま、まさかあの狼もフェンの魔物……!?」

「何て奴だ……さすが魔物使い」

「つーか、あれ《灰狼》よりもでかくねえか？」

酔っぱらっていない町の人々も、ポチに怯える様子を見せていたが、どう見ても僕に懐いている姿を見て驚きの表情を浮かべている。

何か驚くところでもあるのだろうか。

「んー、何でみんな驚いてるのかな？　ポチはこんなにいい子なのに」

「酔っぱらっているマスターがこんなに強気な発言を……という事は、マスターが酔っていれば《魔導王》に――」

「レイア」

「は、はい!?　何でしょうか！」

レイアが素っ頓狂な声で答える。

いつにも増して動揺しているような仕草を見せるレイアに、ついついちょっかいを出したくなる。

僕はぐいっとレイアを抱き寄せると、

「このままポチと一緒に帰ろっか」

「こ、このままですか？　しかし皆さんに説明をしなくても……」

「レイアがそんな常識的な事言うんだ？」

「い、いえマスターがいいと言うのなら！」

「いいよ、後でどうとでもなるから」

「マ、マスター……すごく男らしいです！」

「ふふっ、もっと言ってくれてもいいよ」

——そんなやり取りがあったという事を、後ほどレイアから聞かされて、後日全員に説明する羽目になる僕であった。

あとがき

はじめまして、笹塔五郎と申します。

まずはこの本を手にとっていただいたこと、お礼を申し上げます。

書籍化についてのお話をいただいたときはまだ連載を始めて間もない頃でした。

作品のコンセプトとしてはそこまで目立って生活したくないけど目立ちやすい性質の主人公と、一見従順に見えてまったくそんなことはないヤンデレ系のヒロインに絡まれながら五百年後の世界を過ごしていくという感じです。

まず主人公のフエンは俗に言う性別は男でありながら女の子みたいな姿をしている男の娘というタイプのものですが、きちんと男ですね。

主に突っ込み役になりがち……というか、実は主人公よりも登場回数が多いのでは？　というキャラがいるのですがきちんと主人公です！

対するヒロインのレイアですが、主に事件に絡まれ絡まりにいく役回りを持つフエンにゾッコンな少女の見た目をした魔導人形です。

従順なメイドをヒロインとして書こう、と思って書き始めたはずだったのですが、すぐに従順さがなくなってきたのがこのレイアです。

ヤンデレ要素もありつつ、主人公であるフエンのためなら何でもするというタイプのヒロインなので、好感度についてはＭＡＸを超えている状態かもしれないですね。

是非二人の会話を楽しんでいただければと思います。


では、この場を借りてとなりますが、お世話になりました方々へお礼を申し上げたいと思います。

まず、イラストを担当してくださいました竹花ノート様。

とても可愛らしいイラストを描かれるお方で、私自身嬉しかったです。

キャラクターのイラストを拝見させていただいたとき、特徴が良く出た素晴らしいイラストだと思いました。

レイアが特に私の好みです！

本当にありがとうございます。


次に、この作品を担当くださいましたアース・スターノベルの担当のＭ様と、作品の出版に携わってくださった皆様。

この作品が書籍としてより良いものになるように協力してくださいまして、本当にありがとうございます。

最後に重ねてとなりますが、この本を手にとってくださいました皆様にも、改めまして感謝の言葉を伝えたいと思います。

本当にありがとうございます！

それでは、またお会いできればいいな、と思っております。

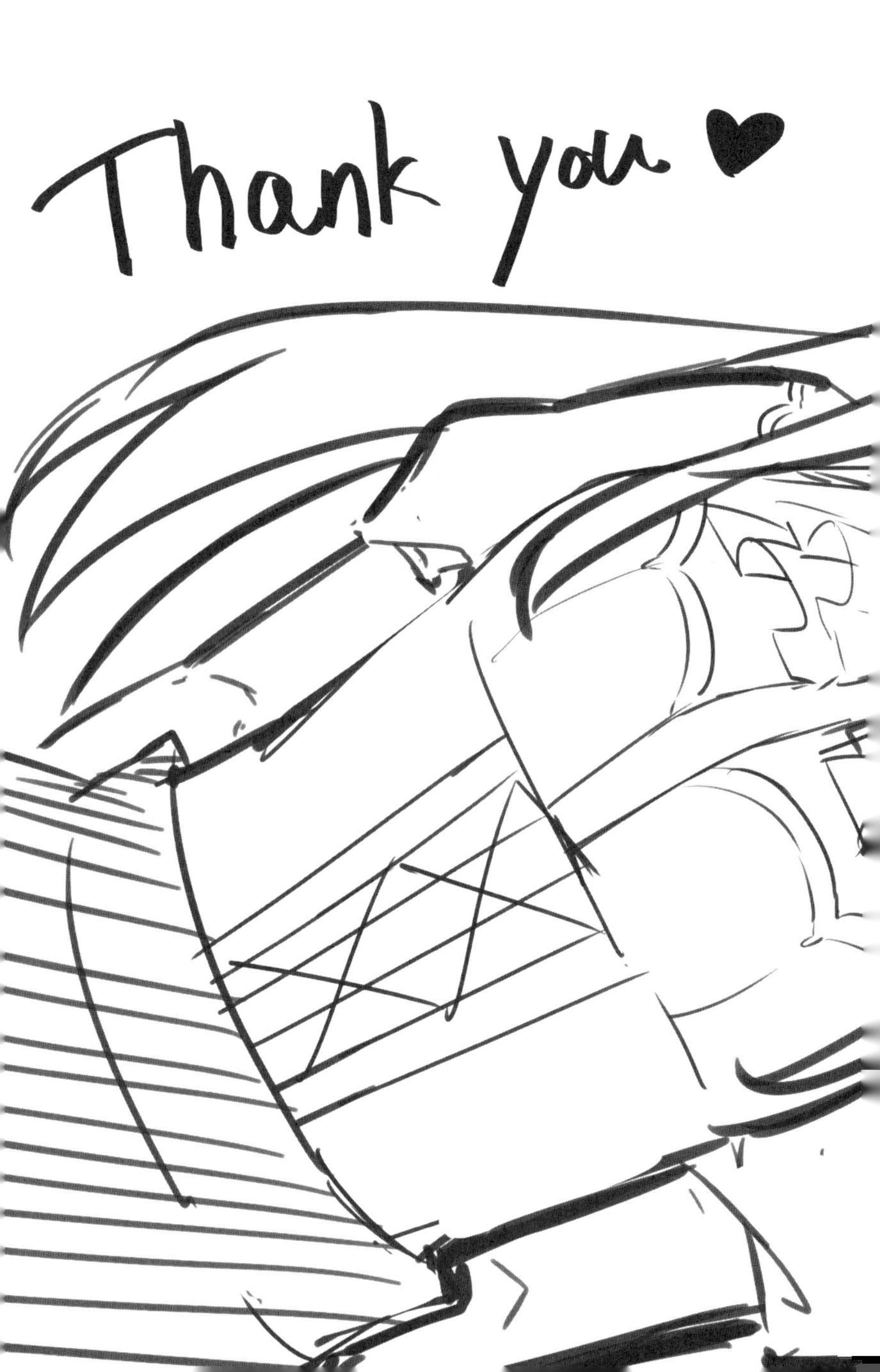
Thank you ♥

平穏を望む魔導師の平穏じゃない日常
～うちのメイドに振り回されて困ってるんですけど～

発行 ―――― 2018年11月15日　初版第1刷発行

著者 ―――― 笹 塔五郎

イラストレーター ―――― 竹花ノート

装丁デザイン ―――― 石田 隆（ムシカゴグラフィクス）

発行者 ―――― 幕内和博

編集 ―――― 増田 翼

発行所 ―――― 株式会社 アース・スター エンターテイメント
〒141-0021　東京都品川区上大崎 3-1-1
目黒セントラルスクエア　5F
TEL：03-5561-7630
FAX：03-5561-7632
https://www.es-novel.jp/

印刷・製本 ―――― 大日本印刷株式会社

ISBN 978-4-8030-1251-4